INVENTANDO QUE SUEÑO

NUEVA NARRATIVA HISPÁNICA

JOAQUÍN MORTIZ · MÉXICO

JOSÉ AGUSTÍN

Inventando que sueño

(DRAMA EN CUATRO ACTOS)

Parte de este libro se escribió gracias a la beca concedida por el Centro Mexicano de Escritores en su promoción 1966/67

Primera edición, junio de 1968
Segunda edición, enero de 1970
Tercera edición, julio de 1975
Cuarta edición, noviembre de 1979
D.R. © 1968 Editorial Joaquín Mortiz, S.A.
Tabasco 106, México 7, D.F.
ISBN 968-27-0101-5

I can't get no satisfaction
I can't get no satisfaction
And I've tried
And I've tried
And I've tried
And I've tried
I can't get no
I can't get no
When I'm travellin' in my car
And a man comes on the radio
Keeps tellin' me more and more
About some useless information
Supposed to fire my imagination
I can't get no
No no no no
Hey hey hey
That is what I say
I can't get no satisfaction
I can't get no satisfaction
And I've tried
And I've tried
And I've tried
And I've tried
I can't get no
I can't get no
When I'm watchin' my TV
And a man comes on and tells me
How white my shirt should be
But he can't be a man
'cause he doesn't smoke
The same cigarette as me
I can't get no
No no no no
Hey hey hey
That is what I say
I can't get no satisfaction
I can't get no girlie action
And I've tried
And I've tried
And I've tried

And I've tried
I can't get no
I can't get no
When I'm ridin' around the world
And I'm doin' this and I'm signin' that
And I try to make some girl
Who tells me guess you'd better come back
Maybe next week
Can't you see I'm on my losing streak
I can't get no
No no no no
Hey hey hey
That is what I say
I can't get no
I can't get no
I can't get no
Satisfaction
No satisfaction
No satisfaction
No satisfaction
I can't get no

MICK JAGGERS Y KEITH RICHARDS: *(I Can't Get No) Satisfaction.*

PRIMER ACTO:
INVENTANDO QUE SUEÑO

ES QUE VIVIÓ EN FRANCIA

Quizás ustedes crean: la luz que se cuela es insoportable para mí, en este momento en que siento la cabeza pesada y apenas puedo entreabrir los ojos. Pero no. Ya me acostumbré. Es decir, todas las mañanas Don hace lo mismo, porque tiene que dar su clase en ese colegio de Kent. Adivino que se levanta, se baña, se arregla y el contacto de sus labios en mi boca, seguramente huele mal, me permite presentir su piel limpia, recién afeitada. A veces libero a mi mano de las sábanas para acariciar esa piel y quizá sueño que él sonríe. Su sonrisa es amplia, alegre, aun en los momentos en que se siente tímido, como cuando era cartero y llevó a mi departamento, éste no, claro, un telegrama. Telegrama. No recuerdo qué diablos decía el telegrama, sólo reconstruyo la cara de Don, mirándome en silencio durante eternidades.

Yo con el telegrama en la mano, sin saber qué hacer.

Pregunté su nombre,

Don Bessant, respondió muy quedo; dice que se enamoró inmediatamente de mí, el clásico flechazo. Yo creo que no podría amar a otro hombre que no fuera él; de alguna manera se nos instaló juntos en la existencia. Pero *todos* los periodistas se la pasan preguntándonos si pensamos casarnos; de por sí huyo de los periodistas, me ponen nerviosa. Son una plaga. Creo que no podría casarme, aunque tengo mucho afecto que dar. Soy incapaz de pensar en algo tan lejano como el matrimonio. Hay que tener vocación para casarse, como para la pintura o la literatura, y yo no la poseo. Ni me interesa saber si Don la tiene, para qué. Él se contenta con besarme cada mañana, es decir, cuando no tengo filmación; y deja abierto y descorre *todas* las cortinas.

11

Cuando logro entreabrir los ojos, un poquito nada más, la luz penetra en ellos como un puñal y cubro mi cara con la almohada o me hundo en las sábanas y a veces puedo continuar durmiendo o imagino que estoy durmiendo, inventando que sueño.

Inventando que sueño

Día profusamente iluminado, amas de casa y sus compras, vendedores ruines aporrean y aporrean la puerta mientras yo rechino los dientes, ansiando despertar, deseando estar dormidísima, es lo mismo. Don ya se halla frente a su grupo y quizá me imagina dormida al hablar de la técnica lenta lenta lenta de la veladura tal como Rembrandt la practicaba. Conservo los ojos entreabiertos *un* minuto y veo esa maldita reproducción (impasible) que se cree el óleo original. Roerich, bromearía Don pensando en Lovecraft. Y lo que sucede es que anoche un amigo teorizó hasta el aburrimiento a causa de esa maldita reproducción: el vino blanco se calentó en mi copa.

Sólo en esas contadas ocasiones lamento que siempre haya gente en mi casa. Nuestros amigos llegan a cualquier hora del día y de la noche; aquí comen, duermen, piden prestado, hacen el amor, me dicen qué flaca estás y pasamos toda la noche bebiendo y platicando. Pobre Don, tiene que levantarse temprano y me roe un remordimiento agridulce mientras estoy en la cama, ya sin poder dormir, fingiendo que duermo, sin estar segura de ser bonita, de ser inteligente, como cuando era niña y mis papás me apodaban el Insecto. Me veían chiquita o algo así. Vivíamos en la India, en una plantación de té: en Assam. Allí nací yo, exactamente el 14 de abril de 1941. Ya sé que ahora van a calcular mi edad; bueno, háganlo si no tienen otra cosa en qué ocuparse.

De Assam recuerdo algunas cosas, no todas.

Nuestra casa era grande, agradable, y había muchos sirvientes que me cuidaban. Por ejemplo, está el calor, el sol filtrándose a través de las copas de los árboles, como en una toma pretenciosa de película mala; pero es que los árboles eran inmensos, yo los contemplaba tiritando porque me bañaban con agua fría. Y las advertencias: niña, no te vayas a perder; hazle caso a tu nana, linda.

Supongo que mis padres decidieron que en la India no podrían educarme adecuadamente y por eso me mandaron a Inglaterra. Era lo acostumbrado, además; se hubiera visto *mal* que yo creciera en aquellos parajes entre indios flacos, sin contacto con la civilización. Yo era *una* inglesa, después de todo. Pero vi poco de Londres: entré interna en una escuela. Y todo tan distinto, más caras agrias pero con frío; yo había vivido en otro ambiente y tenía siete años. Imagínense. Llegué a pensar que todas mis condiscípulas eran mucho más bonitas, más brillantes. Ahora sé que Einstein, creo, era una papa en la escuela, pero a los ocho años no lo sabía y eso causa algunos problemas; las maestras te ven con mala cara y tus padres te mandan cartas regañándote y no toques eso y las niñas lindas te miran con desdén.

Empecé a contar estas historias fabulosas acerca de la India.

Gandhi me coloca sobre sus rodillas, mientras Indira me obliga a asimilar la sabiduría del Buda; los tres escuchamos las ragas que interpreta un tío de Ravi Shankar;

qué va, yo hablaba de los enormes-peligros-de-la-selva, serpientes que acechan en todo momento para darte un aguijonazo. Un tigre acaba de pasar; Maharishi Mahesh, protégeme, una víbora persígueme. Jamás vi una serpiente, o un tigre. Y eso que cuando me portaba mal mi papá me ataba a un árbol, en el fondo del jardín, y decía el tigre va a venir para comerte.

El tigre va a venir para comerte

Ahora me da risa recordarlo. Mis compañeras me veían muy atentas, apuesto que hasta creían las historias que les contaba. No sé, todavía no se me quita el hábito de soltar una mentira de vez en cuando. Una mentira *gorda*. Pero miento sólo en ocasiones,

para manifestarme;

13

para que me quieran, eso es todo. No soy una verdadera mentirosa, al contrario, soy muy honesta. Detesto la deshonestidad, como detesto el egoísmo: desde mi punto de vista el egoísmo *es* la fealdad. Don es muy honesto, por eso vivimos juntos. Supongo. Ahora se encuentra hablando de la pintura victoriana y sus alumnos lo escuchan con atención: son buenos muchachos y él es feliz dando clase, aunque lo haga a estas horas infrahumanas. Infrahumanas. Por suerte sus alumnos son puntuales y eso. Yo no. Bueno, en las películas sí. Pero me fue muy mal en todas las escuelas y entré con las monjas. Clásico. Así hasta los diecisiete años, saliendo un poco, viendo de cuando en cuando a mis padres.

Recuerdo como si fuera ayer al primer hombre que me besó. Y lo recuerdo perfectamente porque él era el primer hombre a quien *yo* deseaba besar. Nos sentó muy bien, ustedes saben, los dos éramos muy tímidos.

Cuando no tengo filmación adoro levantarme tarde. Me gusta dormir, sueño mucho. Es fantástico soñar, la imaginación se desborda. Sin embargo, por más que lo deseo, nunca logro verme en el futuro; no hago proyectos ni tengo planes inmediatos, sólo sé que debo hacer buenas películas. Ahora tengo la oportunidad de escoger a los directores que me convengan, que entiendan que no quiero hacer películas simpáticas o aceptables, sino buenas. Que perduren. Ni siquiera me importaría participar en una película que fracasara si fracasara bien; con dignidad, digamos.

Pero cuando tengo que filmar.

Me levanto tempranísimo, deseando que se acabe el mundo para seguir durmiendo. Después, trato de trabajar lo mejor que puedo, aunque sé que actúo por instinto; sin embargo, es mi vocación, hasta mi madre está segura de que me encuentro haciendo lo que me corresponde hacer. Es gracioso, porque cuando le dije que deseaba ser actriz, se opuso. Pero después compró veinticinco ejemplares del primer periódico que publicó mi foto y desde entonces lleva un álbum de recortes;

hija, fíjate que me ha dicho la gente que apenas lo estoy empezando.

Para ser sincera, descubrí mi vocación hasta los dieciocho años, cuando vivía en Francia. Ah, porque cuando salí de la escuela mi mamá consideró que yo debía aprender francés y me envió a Tarbes. Allí viví con una familia amiga, maravillosamente loca. Poseían un viejo castillo, todo terciopelo y brocados. Yo platicaba: cuando niña la gente me decía no eres bonita pero tienes carácter. Ellos, sin proponérselo, me enseñaron a tener confianza en mí misma. Y al verlos preocupados por la cultura, con inquietudes muy distintas a las que yo conocía, de pronto quise hallarme más cerca de ellos, pedí libros;

muchos libros;

y por más que lo intentaba me era imposible dejar de vivirlos, de representarlos por decirlo así. No se dice así. Cada libro me transformaba y mis cambios de actitudes, de miradas, de expresión, correspondían a mis lecturas recientes.

Regresé a Londres

para ingresar en la Royal Shakespeare Company.

Mis padres se pusieron furiosos porque no avisé. Había dejado de escribirles y ya casi no me mandaban dinero. Así es que aprendí a modelar e hice papelitos secundarios en programas de televisión.

Participé en un espectáculo llamado *A Parandromeda*, señor.

Bueno, más o menos todas las actrices pasan por eso a no ser que tengan una suerte fabulosa. Yo no poseía ni un centavo, ¿se imaginan? Pero sí buenos amigos. Cuando las cosas se pusieron difíciles no tuve más remedio que comprar un colchón de aire y todas las noches, colchón en mano, iba a pedir posada. Acomodaba mi colchón en cualquier esquina y me ponía a platicar. Uy, las caseras nos aborrecían de *todo* corazón.

Las caseras nos aborrecían de *todo* corazón

Seguramente imaginaban las *peores* infamias. Les resultaba inconcebible que un muchacho y una muchacha pudieran desvelarse oyendo discos y charlando. Claro que a veces be-

bíamos mucho, yo no sé cómo parar cuando empiezo a
beber

   y además me pongo muy agresiva,
   siempre creo tener la razón;
   es igual que con las groserías: las digo sin parar, pero
sólo para mí y contra mí; bueno, también las suelto frente
a Don y algunos amigos de mucha confianza, con quienes
se puede estar con naturalidad, aunque sin llegar a extremos...
   Soy muy púdica, fíjense. Por ejemplo, no sé si podría
tentarme el nudismo, depende de quién me acompañe.
   Ni siquiera duermo desnuda, sólo en Francia y en Italia
cuando hace calor. En Londres me acuesto con piyama y
suéter. Si estoy en el campo, la cosa cambia; ante la natu-
raleza entro en una especie de melancolía. Pienso que me
gustaría creer en alguna religión, aunque en realidad creo
en algo, no sé en qué. En esas veces me siento infinitamente
pequeña, perdonen que lo diga así, contemplo todo como
estúpida y me dejo llevar por la quietud que me rodea, me
asfixia me dan ganas de llorar y lloro suavemente sin hacer
ruido las lágrimas riegan mi rostro y mi rostro permanece
impasible surcado por las gotas dulces e interminables...
   No las toco: las bebo: me gustan: me dan asco.
   Cada ve lloro con más facilidad, porque cada vez mi vida
es más rápida, más intensa, y cada vez me siento más débil.
   También antes, pero de una manera distinta. Es decir, no
había quién me reconociese en la calle y yo sólo era una
muchacha de veintiún años que deseaba ser actriz.
   Actué en *La comedia de las equivocaciones*, señor.
   En la Royal montamos *La comedia de las equivocaciones*,
de Shakespeare claro, y representándola recorrimos Estados
Unidos y algunos países de Europa Oriental.
   También llevé el papel principal en *El diario de Ana
Frank*, señor.
   La suerte, al fin, se encarnó en John Schlesinger, el direc-
tor de cine, ustedes lo conocen, ¿no? Según me contó des-
pués él me había visto en la escuela de teatro cuando hice
El diario de Ana Frank. Parece ser que le causé buena im-

presión y por pura casualidad, cuando buscaba una actriz para *Billy Liar,* John vio mi foto en un periódico anunciando sensacionales inimitables fantabulosos productos para el hogar. Yo me encontraba en España, descansando y maldiciendo el destino. Tenía ganas de matarme, de matar a todos.

Matar a todos

Qué cosas. John tuvo la paciencia de buscarme y cuando regresé de España, zas: lo conocí. Pero lo terrible fue que me hicieron una prueba y *fallé*. Sólo debía caminar, ver escaparates, como zombi. Pero fallé, y la película me interesaba. Era un poco de ciencia ficción, un argumento de Fred Hoyle. Y yo fallé. La prueba resultó pésima. Dios mío. Imbécil retrasada mental echas a perder todo no tienes talento mejor deberías echarte a un pozo. Pozo. Me fui a la cama, porque cuando me siento *mal*

lo mejor para mí es dormir,
mucho;
o si no, hablo con los amigos de todo, de nada, de cualquier cosa, eso depende de nuestro grado de alcohol.

Después supe que habían dado el papel a Topsy Jane, otra actriz joven. Pero sucedió lo increíble: Topsy se enfermó y John convenció al productor de que *yo* debía hacer el papel. Entonces lo hice y no salió mal, creo, al grado de que los críticos me alabaron a pesar de que yo me veía tan poco tiempo en la pantalla. Fue espléndido, me invitaron a participar en una película comenzada por John Ford pero que terminó Jack Cardeff. Claro que mi participación ahí también fue muy pequeña.

Mi primer papel cinematográfico fue en *Billy Liar,* señor.

Esta vez Don abrió demasiado las cortinas, cada vez que me vuelvo siento algo como mazazo en los ojos, debo de tenerlos irritados, los siento secos. Nos acostamos tarde y dormí mal, despertando cada veinte minutos; me dio frío, calor, me quité el suéter y la camisa de la piyama, luego volví a ponerme la camisa; me apreté contra Don, dormidísimo, pero ni cuenta se dio. Pero yo no me hallaba excitada o algo así, simplemente me sentía funesta; hasta me dieron ganas de tomar una píldora para dormir; pero no, me chocan. En un momento determinado me sentí furiosa, me daban ganas de jalar los pelos de Don, pobrecito, nada más porque él sí dormía. Soy muy irascible,

pero por capricho,

hago berrinches como un niño cuando no obtiene algo, y por cosas nimias: ver a una mujer hablando horas y horas por teléfono: detesto hablar por teléfono casi como detesto la crueldad, o pintarme los labios, a no ser que me encuentre trabajando.

Soñé o creí soñar,

estábamos en España, filmando; cuando Don y yo llegamos al cuarto del hotel encontramos un ramo de rosas, esas mismas flores *divinas* que se acostumbra mandar a la estrella de moda; yo pedí que se las llevaran en el acto; dije esas flores no significan nada, fueron pedidas por teléfono. Parecen de entierro. Quieren hacerme estrella y no me voy a dejar;

no, no lo soñé: sucedió realmente,

y deveras lo sentía: no pienso comprar una mansión enorme, ni tener secretaria o un regimiento de criadas, ni nadar en albercas con forma de corazón y estereofonía subacuática, o sentarme tras un chofer, qué horror, y eso si llegara a tener chofer, que no pienso, o un rolls que amerite chofer, que tampoco pienso.

En ocasiones hasta extraño las noches en que dormía en casa de mis amigos, en mi colchón de aire. Aire. Cuando empiezas a ganarte la vida dejas atrás la verdadera juventud, esa maravillosa libertad.

Yo sé que no existe una diferencia radical entre mi personalidad de antes y de ahora. No pienso permitir que la celebridad se me suba a la cabeza, aunque haya gente que doctore: yo soy la quinta estrella de este siglo, después de Jean Harlow, Greta Garbo, Marilyn Monroe y Brigitte Bardot. Si lo soy, perfecto pero hasta ahí. Yo continúo visitando a mis amigos, como antes, para platicar. ¿O no? La gente importante para mí es la que amo y no la que me contrata. Hace poco rechacé un contrato en el que me ofrecían muchos millones porque no me gustó el guión. Jamás podré ser rica, odio el dinero:

sólo es un medio para adquirir las cosas que deseo: libros, discos, cuadros, pero ni eso: doy la mitad de lo que gano a mi productor, otra parte al fisco. El caso es que me telefonean del banco para informarme: no tengo dinero. Qué se le va a hacer.

Cuando volví a filmar con John nunca imaginé que dispondría de dinero en exceso. El productor quería contratar a Shirley MacLaine, pero John lo convenció de que yo haría bien el papel de Diana Scott. Es un personaje muy distinto al de Lara, por supuesto, y para decir la verdad nunca supe si lo hacía bien o mal. Leí las críticas, eso sí, eran muy elogiosas. Alguien aseguraba que tengo sex appeal. Yo no me encuentro especialmente bella y menos en un momento como éste. De chica me avergonzaba tener la boca grande. En fin, eso depende de los días y la iluminación. Pero tengo senos pequeños y piernas cortas.

Senos pequeños y piernas cortas

Me gustan las piernas largas, como las de Don, es lo primero que miro en un hombre. ¡No!, los ojos; primero los ojos. Y pienso que el glamour, la belleza exagerada es arcaica.

El caso es que David Lean, en España, mandó pedir una copia de la película de Schlesinger para que yo pudiera verla. Y me gustó, es decir, vi que actuaba bien. Fue perfecto, porque desde ese momento empecé a actuar con seguridad, sin titubeos, dominando mi timidez. Lean se puso feliz, pero actuar con estos directores que se creen superhombres es agotador. Con John trabajaba dieciséis horas diarias, pero con Lean era tremendo y yo sólo puedo actuar estando fresca. No todo puede hacerse a base de emoción, a menos que sea una secuencia de histerismo. Pero una tierna escena de amor... Es gracioso: antes, cuando me debían besar ante la cámara, me daba pánico.

Cuando terminamos de filmar en España supe que me

habían nominado para el Óscar. Don y yo fuimos a la entrega de premios. Nos sentíamos muy contentos, más aun cuando regresamos a Londres para festejar el premio. En una reunión me dieron ganas de soltar chilliditos, de bailar la noche entera, de ser cariñosa. Con los ojos húmedos observaba a todos, adivinando que mi sonrisa era enorme. Soy sentimental; me gusta, por ejemplo, responder a las cartas que me mandan mis admiradores. Dios, qué gracioso se oye decir admiradores. A los italianos les encanta pedirme dinero; y no sé, comprendo un poco esa manía de escribir cartas porque la comparto. Ahora mismo tengo que garabatear algunas, pero realmente esta cama es deliciosa. Las voces de la gente apenas se escuchan a lo lejos, allá en la calle, fuera de este departamento desordenado, lleno de muebles victorianos y discos y muchísimos libros y reproducciones de obras famosas y también pinturas y carteles y pinturas sobre todo y fotos y enormes libros de arte. Don exige tenerlos siempre a mano. Me gusta este departamento, es, no sé, cálido, ayuda a vivir. Kensington West es una calle perfecta, con sólo asomarme contemplo a todos estos muchachos locos, más bien: libres, que la recorren. Ardo en ganas de salir con ellos, pero ya no puedo, no estoy en su momento y quizá me verían con desconfianza. Detesto estar siempre insatisfecha, pero es inevitable: siempre se me antoja lo que tienen los otros. Por suerte soy muy honesta, pero honesta y todo me aterroriza la idea de la muerte:

no
puedo
imaginar
que
un
día
moriré:

es tan tremendo como imaginar que hubiera sido un hombre, aunque me encanta usar pantalones. Eso no quiere decir que sea una ridícula: me queda tan bien una minifalda como el traje de noche más ostentoso. Pero prefiero la libertad, la comodidad de unos buenos pantalones o de una

minifalda. También me gustan las bolsas; entre más grandes, más cosas se pueden traer. Siempre dispongo de útiles suficientes para diecinueve tipos distintos de maquillaje, aunque por lo general no me maquillo; y guardo cartas, generalmente un libro, un espejo, dinero, lápices viejos, una camarita fotográfica. Cuando veo un rostro interesante en la calle, lo fotografío en el acto. Por eso camino lo más que puedo; no me gustan los transportes urbanos, pero tampoco me agrada que me reconozcan en la calle y me vean como animal raro. Hay ocasiones en que siento que no soy esa actriz de quien hablan. Pero lo gracioso es que
nadie
me podría pedir que dejara mi carrera;
no lo aceptaría, aunque fuese Don. Es que todo esto es muy difícil. Es decir, si una mujer trabaja en el cine y su novio, o lo que sea, no, la cosa se complica: hay demasiadas tentaciones, aunque ella sea una buena persona...
y yo soy
una buena persona. Carezco de lógica, soy muy orgullosa, odio las veces en que me han humillado en público.

Mucha gente dice que sí he cambiado; según ellos ahora soy más nerviosa, mis gestos son más secos, mi risa poco natural, siempre en tensión. Dicen que parezco distante, fría, desdeñosa, que mi belleza es serena, que por eso me parezco a Greta Garbo y he vuelto a revivir un mito, *su* mito. Yo no sé, no creo. No siempre puedo estar dando brincos de felicidad, a veces me gusta pensar maldades, hacerlas. Para que no te molesten no queda más que ser maleducada. Me cae bien la gente que dice que soy repulsiva,
pero en realidad soy tímida,
ahora que cuando me dedico a un papel lo hago de todo corazón. Por eso perdono el comentario de Bubbles Elliott, mi doble. Dijo que ha doblado a Ingrid Bergman, a Laureen Bacall, a Mai Zetterling, pero conmigo la magia aparece en la pantalla como con la Garbo; tiene calor, sabe adaptarse a su personaje.

Calor, me gusta esa palabra. Pero en este momento siento un poco de frío, por eso permanezco hundida entre las sábanas, con un cosquilleo en la garganta. El suéter que me quité cuando dormía se encuentra en el suelo, como una mancha amorfa;

todo parece desdibujarse,

perder sus contornos.

Perder sus contornos

Don camina bajo el sol pálido, sus alumnos lo miran, a lo lejos; envidian su estatura, sus piernas largas, su pantalón que no es tipo Carnaby pero que le queda tan bien, tan al día sin serlo.

Don se halla aún dentro del salón, se distrae al imaginarme aún acostada o preparando mi desayuno. Me ve con el pelo rubio, corto, que me transformó tanto al filmar con François Truffaut. Aparezco luego con los cabellos sueltos, largos, casi como Linda Montag; o con un traje indio; ahora estoy molesta porque no me salió la toma en este último film que también dirigió Schlesinger.

Don toma un taxi y va en silencio, sin oír la plática-zumbido del chofer. Observa las rodillas de las muchachas que recorren la calle. Él compara esos cuerpos con el mío y sonríe. Sonríe.

Don se encuentra con los amigos. Platican acerca de la actriz que vive con él, comentan esa extraña atracción que ella siente por los vinos de mesa. Es que vivió en Francia, pueden decir.

El suéter ha perdido su color, sólo es algo que flota en un espacio gris.

La sequedad de mis ojos desapareció en un momento difícil de precisar.

Ahora es imposible distinguir cada uno de los objetos que llenan este departamento.

No sé si el cosquilleo que mordisca mi garganta ascendió hasta los labios,

porque mis dientes se hunden en ellos,
intensamente,
hasta volverlos casi insensibles,

hasta volverlos casi insensibles
hasta volverlos casi insensibles
hasta volverlos casi insensibles
hasta volverlos casi insensibles
hasta borrar la atmósfera que me rodea
y cultivar un zumbido que surge de mis oídos
y consentir que mi esófago hierva
y adivinar que mi piel se vuelve más sensible,
aun cuando me levanto de la cama y huyo hacia el baño
al presentir la figura de Don ante la puerta|

Enero, 1967

INTERMEDIO:
PROYECCIÓN Y LUZ INTERMITENTE

CÓMO TE QUEDÓ EL OJO (QUERIDO GERVASIO)

Imagínate, de buenas a cuartas encuentras a este
Jeremías con su expresión de direlococomio
y no te dice oye qué padre está lo último que
hiciste, sino que probablemente llegará para
decir qué pasotes alias qué pasión; y acabo de
estrenar niño, y él responderá cuántos años tiene;
y tú, en lugar de vaticinar cualquier posible
moñazo en el sudococo de tu interlocutor, sólo
dices eh; y él se carcajea sobando su cosquilla
número veintiocho, feliz como lagartija elesediana
por haber obtenido un punto, es decir: triunfante;
digo, Jeremías puede ser lo que quieras, triunfar
en cuanto desees, no darte ni cinco miligramos de
crédito cuando eres tú quien fantasmescribe sus
mamotretos, pero eso no lo valida para uy hacer
entretejer lucidar emitir ese género de chistes que
más tarde llevarás en tu cabeza todo el beatificado
día, o algo como repitiéndote cuántos años tiene;
porque después de todo no eres nada retrotarolas
y no mentiste jamás al decir que acabas de tener
un niño happy bearing to you; bueno, es un decir,
a fin de cuentas no fuiste tú quien ay en los
momentos cruciales y no crucificables, sino que tú
sólo qué monostá qué fregón soy el mero amo pueden
considerarme el tiro perfecto do apunto pego viva
Méxiko traidores, y cosas de esa onda proferidas
por hombre común que trabaja y sufre y a veces goza
en este siglo tan difícil pero apasionante que aquí
nos tocó nada menos que en Mexiquitolímpico para

servir a Diositosanto y a usté mero jefecito; y
cuando piensas avanzar el recodo del hospital miras
acercarse a este buen Jeremías con su cara de te
pillé de nuez cuate, y tú palideces, te enhielas,
quisieras correr y rendijarte en la puerta más
próxima, pero no: ahí estás con la sonrisa, digo,
la sonrisilla, esperando con el corazón param pam
pam muy rápido y con un temblor álgido en la mano
derecha: se alza, se alarga, se estira, queda
colgando, mientras Jeremías sigue su camino
sin mirarte, sin trascenderte;
          qué haces;   corres
tras él para acabo de
estrenar niño, gritar,
esperando el cuántos
años tiene;
o
permaneces taladrado
en ese punto con la
expresión ojipelona
inmóvil.

SEGUNDO ACTO:
LENTO Y MUY LIBRE

CERRADO

—pero no sé si alcanzas a verlo, ¿lo ves? —Mónica asiente—; qué precioso color de semanasanta luce tu Javiercito. Mira, camina de un lado a otro, la gente lo evita con prudencia; tch tch, no logra fijar su vista acuosa; va recargándose en los postes. Cada vez hinchándose más y todo eso, ¿no? Oye, Mónica, tápate bien.

Javier sentado en la banqueta. La lluvia, con lentitud, continúa tiñendo su ropa. Eructa. Pasa su mano por los cabellos húmedos.

Luz roja.

Del váliant acapulco una mujer se vuelve hacia él. Ojos grises a través del vidrio cerrado. La señora cubre su cuello con el chiffon, estirándolo con sus dedos largos (uñas desnudas).

Javier sentado aún en la banqueta. Alcanza a ver que la señora del váliant acapulco sonríe casi imperceptiblemente cuando él muestra su lengua hinchada, viscosa.

Luz verde.

Intenta tragar saliva y sólo puede oprimir la sien con los dedos: el dolor de cabeza estira sus tentáculos e inyecta la mandíbula de Javier.

En la acera de enfrente, Hugo y Mónica lo contemplan a través de los autos que cruzan. Javier no parece advertir nada, ni la lluvia que arrecia.

—Tiene *sed* —diagnostica Mónica—. Hugo, hasta qué horas vamos a seguirlo, tengo frío.

Javier siente asfixiarse: escupe, lleva los dedos a sus ojos húmedos; su garganta quiere estallar. Los autos se detienen a pocos centímetros de sus pies. Las personas que atraviesan la calle no evitan mirarlo de reojo, con repugnancia. Javier respira con la boca abierta todo el aire que puede absorber y unas gotas de agua se evaporan al tocar su lengua.

Camina con pasos pesados, compra la segunda edición de Últimas Noticias para limpiar sus zapatos. Un escalofrío lo recorre cuando saca un billete de cinco pesos. Entra en el cine París, se desploma en una de las butacas delanteras.

—Se va a dormir; mejor *vámonos* —dice Mónica, sentada dos lugares atrás. Hugo no responde, trata de concentrarse cuando Galia se arroja hacia el Sena, rodeada por la solitaria noche parisina.

Llueve aún quedamente. Javier sale tambaleándose, tratando de caminar con rapidez. Sin fijarse en los autos. Mónica y Hugo lo siguen hasta el bar del Francis, casi vacío. Toman asiento junto al ventanal. Mónica observa los vehículos que estrangulan el Paseo de la Reforma; mientras Hugo pide dos limonadas y mira a Javier, en la barra,

quien bebe hasta sentir que su estómago se incendia; no se fija en el platito con cacahuates, no ve al cajero oprimiendo mecánicamente los botones de la registradora. No advierte nada, no repara en que unas lágrimas silenciosas insisten en resbalar por su rostro. Empuña el vaso con fuerza. Mónica ha de estar en el departamento, armando un avioncito de plástico, piensa.

Segunda sinfonía de Sibelius.

Javier entra, perfectamente borracho, o-jos-in-yec-ta-dos, tratando de ofrecerle unas flores sucias, recién arrancadas del camellón. Mónica no dice nada. Él camina hasta el baño donde vomita profiriendo ruidos escandalosos. Ella lo alcanza y grita (aúlla), le arroja el avión de plástico y las flores. Javier aún se encuentra mareado, su estómago continúa eyaculando materias viscosas cuando ella le tira toallas, frascos, cajitas. Él sale con la cara sucia, ojos húmedos, para darse cuenta de que Mónica ya no se encuentra allí. Gime en voz alta; proclama vasaverinfeliz, muy fuerte.

El barman coloca otro whisky y un cenicero limpio frente a él. No parece advertir las lágrimas que bañan a Javier; el traje arrugado (empapado).

Mónica regresa después, sonriendo. Le limpia la cara, le quita la ropa, lo conduce a la recámara, lo fricciona con loción, se desnuda también; en la cama trata de excitarlo, coloca sus pezones (erectos) en la boca entreabierta que emite ruidos continuos, casi ronquidos. Ronquidos.

El barman coloca un nuevo whisky, otro cenicero limpio.

—Señor Dorantes... —Javier alza su rostro al ver una figura difusa frente a él—, arquitecto. Señor y arquitecto Dorantes, por qué no me acompaña, lo llevaré a su casa. Soy Hugo.

—Váyase al diablo —gruñe Javier:

un hilillo de saliva escurre de su boca.

—No se ponga así, señor Dorantes.

—Váyase al diablo usted y esa esa esa|

—Vamos, vamos. ¿Me permite que le diga Javier? Mire, todo puede platicarse, podemos entendernos. Haga un esfuerzo. Usted puede hacer un esfuerzo. ¡Usted puede!

Javier entrecierra los ojos tratando de localizar la ironía en el hombre que le habla.

—Váyase al diablo, no me venga a mí con que si puede llamarme Javier; llámeme como quiera, pero lárguese al diablo; o no, claro, váyase con ella, supongo que usted la tendrá *muy* satisfecha...

—Por qué no vamos a tomar una copa en mi departamento, allá podrá insultarnos con más calma.

—Usted cree que yo puedo ir a *su* departamento. Ahí está ella, ¿no?

—No. Ella está detrás de usted.

Javier se vuelve, está a punto de perder el equilibrio y Hugo lo sostiene.

—Suélteme, imbécil. Dónde' está.

—En el lugar exacto donde usted está mirando. Concéntrese. Haga un esfuerzo, mi arquitecto.

—Dónde está.

—Ahí sentada, ¿no la ve?

Mónica ofrece un perfil impasible mientras comprueba que la lluvia continúa, suave, en el Paseo de la Reforma.

—Dónde.

—Ahí, fíjese bien —responde Hugo:

en su rostro se dibuja una mueca para ocultar la sonrisilla y el brillo de su mirada.

—No la veo —declara Javier—, usted quiere vacilarme. Si no estuviera tan borracho le rompería toda la madre, para que pudiera acostarse con esa puta con los labios rotos. Eso la excita más. Cuando quiera dejarla como nueva rómpase el hocico frente al espejo y luego aguante cuando ella le muerda los labios desflorados, digo, al menos así hay algo desflorado.

Javier emite una risita sorda, sin fijarse.

—No diga esas cosas, *arquitecto*, ella ha sufrido mucho, no merece lo que usted está diciendo.

—Usted es algo así como estúpido de tiempo completo, ¿eh? No la conoce. Es es es es una vaginandante|

—Hable más bajo, por favor.

—Váyase al diablo. Nadie le pidió que me hiciera hablar, ahora aguántese. Dónde puedo vomitar,

y Mónica observa cuando, apresuradamente, Hugo sostiene a Javier: salen junto del bar, *qué* monos. Ella apaga con violencia su cigarro y el tabaco se esparce.

—Oiga, un escocés con soda y llévese estos cacahuates y a ver si puede traer un cenicero *limpio* y llévese también esta limonada, no *ésa* no.

Dios, andar siguiéndolo por todas partes.

No sonríe cuando el mesero deposita el whisky. Observa con fastidio repentino la decoración lamentable del bar, el trío cantando con discutible alegría pos qué me trajistes pos nada pos nada qué tiba a traer. Bebe un sorbito

y se queda en el despacho todo el tiempo planeando la construcción del mugroso condominio ni que fuera el palacio de Bu*ckin*gham y arquitecto Dorantes que ahí le hablan y fíjate linda que ya poco a poco va saliendo espérame un ratito y a mí qué me importa si sale o no|

frunce el entrecejo:

Hugo regresa, sosteniendo aún a Javier, quien se desploma frente a ella: no parece mirarla.

—Ya se siente bien. Mire, aquí está Mónica.

Javier alza la vista hacia ella, pero sus ojos parecen atravesarla cuando susurra:

—Asquerosa,

y ella proclama:

—Borracho, haces el ri*dí*culo en todo México.

Hugo parece sonreír, sus labios succionan limonada a través de los popotes, enciende luego un cigarro tras ofrecer (con toda cortesía) a sus acompañantes.

—Bueno qué diablos quieren.

—Se siente mejor, mi arquitecto.

Ella se reclina, el rostro de Javier se le acerca.

—Qué diablos quieres. Tenías ora sí que todo, ¿no? Ora qué, ya hiciste lo que hiciste y y y al diablo.

—No me eches el aliento, borracho.

—Buenas noches. Qué canción quieren que les cantemos, señores.

—Desea oír alguna pieza nuestro amigo el arquitecto.

Javier se vuelve con furia y tira su vaso de un golpe. Grita a los cantantes:

—¡Nostén moliendo!

—Perdónenlo, señores, está un poco obnubilado en este momento. Muchas gracias, en otra ocasión tendremos mucho gusto en oír sus canciones y en gratificarlos debidamente.

—No exageres, payaso —gruñe Mónica.

—No hables de embarazos.

Esperan el auto en el estacionamiento de Lafragua. Javier intenta sentirse adormilado, pero el dolor de cabeza disecciona su cerebro. La ropa (húmeda) no evita que el frío lo muerda. Más allá, Mónica estudia con detenimiento una máquina de cocacolas. Hugo parece tranquilizarla.

Dios, si nomás pudiera correr, no sentir el cuerpo tan pesado, ir, sin detenerme, por el campo, por la sierra|

Javier empieza a caminar hacia la calle, donde una lluvia suave sigue regando el suelo.

—Tch tch; quédese, Javier, ya merito viene el coche.

Javier toma asiento en la banqueta, junto a la caja registradora. Otras personas esperan. Una señora envuelta en chiffon

35

lo mira, impasible, antes de subir en un váliant acapulco. Javier arma una mueca y luego ríe sordamente.

—Vamos, suba. Ya está el coche —anuncia Hugo.

Javier se hunde en el asiento trasero; adelante, ellos van silenciosos. Siente que el interior de su boca arde: la saliva no logra refrescar. El aire que se cuela por la ventanilla de Mónica graniza su rostro. Considera: su traje, con la lluvia, se vuelve más delgado.

Enfilan por el Paseo de la Reforma.

Vamos a la carretera, van a dejarme allá, tirado, van a matarme, a rebanar todo mi cuerpo con navajas de afeitar

el cuerpo de Javier, sembrado con miles de pequeñas hendiduras, empieza a desangrarse lentamente, mientras él profiere ruidos sordos que nadie escucha en la soledad de la carretera|

—El señor arquitecto quiere un cigarro —sugiere Hugo.

Javier niega con fuerza. La sensación de náusea vuelve a golpear las paredes de su garganta.

Hugo silba una tonada pegajosa.

Mientras Mónica acude al baño, Hugo enciende las luces, siéntese, no sea ranchero, tómese una copa.

—Con que aquí va a vivir Mónica ahora.

—Si signore —canturrea Hugo, llenando los vasos.

—Usted es médico, ¿verdad?, gana bien, ¿eh?, a ella le gusta vivir con todas las comodidades; ah, sabe, póngale siempre una bacinica al lado; y haga el amor con máscara de gases, Mónica tiene unos hábitos muy curiosos.

—Est*ú*pido —emite ella, al acomodarse en un sillón.

Hugo abre una gaveta de donde extrae una cámara fotográfica.

—Te dije que era un borracho insoportable, Hugo. Dile que se vaya.

—Por favor, mi vida, no me pidas eso. Tenemos que hablar.

—Hablar qué. Si este pobre imbécil no puede ni abrir la boca y cuando la abre nada más insulta; yo no voy a estar aguan*tán*dolo todo el tiempo, chiquito.

—No te exaltes, mi amor. Aquí el arquitecto es una buena

persona, responsable y buen ciudadano. A que se sabe estar tranquilo un rato.

—A que no, es un pobre borracho.

—A que sí, te apuesto que logro que se esté quieto un rato.

—Es un pobre borracho inútil.

—No lo trates así, Mónica. Compórtate.

—Palabra que no te entiendo, Hugo, no sé para que trajiste a este borracho resentido.

—No es un borracho resentido. Verdad que no, mi arquitecto.

—Chinguen a su madre.

Hugo prepara la conexión del flash.

—Quietecito, Javier. Esto no va a doler. Míreme y esté quieto, no me haga quedar mal. Pajarito pajarito —empieza a tomar fotografías de Javier, quien se deslumbra con los fogonazos—. Póngase de perfil, ahora desde arriba, y desde abajo; eso es, su ángulo derecho es bueno; es usted guapetón, ¿eh, picarote?; sonría y no se mueva, caray, parece chamaquito, las fotos van a salir movidas; no se tape la cara, hombre, si no lo vamos a chantajear, esto es nomás para mi álbum de familia; después de todo ya somos casi parientes, ¿o no?

Hugo toma treinta y seis fotografías, después guarda su equipo y acaba tomando asiento junto a Mónica. La abraza. Cocacola en mano.

—Bueno, qué diablos quiere. No se ría, imbécil, dígame.

—Qué le pasa, Javier, estamos en familia. Mire, Mónica desea que nadie quede enemistado, para qué. Ha sufrido mucho, le repito. Durante el tiempo en que vivió con usted llegó a cobrarle estimación, ¿verdad, Mónica? Díselo.

—Durante el tiempo en que viví contigo llegué a cobrarte estimación.

—Ella no quiere que usted siga sufriendo —agrega Hugo—, ella sufrirá si usted sufre, ¿entiende? Así es que lo mejor es que todos quedemos amigos. Yo no tenía el gusto de conocerlo, mi arquitecto, pero siempre he admirado sus extraordinarias obras. Y a pesar de que ahora hemos trabado contacto en circunstancias poco afortunadas no dejo de simpatizar con usted. Mónica, pon un disco, esto parece velorio. Déjenme servirles otra copa. Voy por hielo.

—Por qué no me avisaste siquiera —pregunta Javier cuando Hugo ha salido.

—Porque no me dio la gana.

—Yo creí que me querías.

—Pues creías *mal*. Y tú qué: *mucho* amor. Te pasabas *todo* el tiempo en tu mugre condominio.

—No es mugre. Es es es algo muy importante. Cómo conociste a ese tarado, parece increíble.

—No es tarado. Es una persona muy *culta*. Sabe de todo. Y me deja hacer lo que quiero, no como tú.

—Dónde lo conociste.

—Qué te importa.

—¡Sí me importa! ¡Y pudiste dejar una carta siquiera, no salirte así nomás como mujer de la calle!

—¡No grites!

—¡Cómo quieres que no grite, si me dejas colgado con un departamento que puse especialmente para ti, ahora para qué lo quiero!

—Regá*laselo* a tu esposa o a tu hijo mayor, a Ser*vandito*, para que vaya a emborracharse ahí con sus movidas.

—No te metas con mi familia,

—Pues tú no te metas conmigo. Te la has pasado insultándome, qué crees que soy de piedra o qué.

—Ya ya, no se peleen, ni parecen hermanitos —sonríe Hugo al entrar.

Desde el tocadiscos Bob Dylan sugiere all I really want to do is babe to be friends with you;

y Javier vuelve a sentir que sus ojos se humedecen, algo cosquillea su garganta. Empieza a sollozar, después de beber largamente.

—Ya ves, por eso no quise decirte nada, porque ibas a chi*llar*.

—¡Es que no sabes las que pasé por ti! ¡He tenido pleitos con todos, quería divorciarme casarme contigo darte|

—¡Ja! —eructa Mónica.

—Cálmese, señor y arquitecto, así es la vida. Si llora, empeora; si se siente desgraciado, dese pronto un buen lavado; si amorcito lo abandona, engulla una buena dona; si el sufrimiento derrite, lo mejor es que vomite; si la vida se le va, un buen whisky quedará; si el sufrimiento estrangula, váyase a llorar a Tula; si no tiene a mano un cerillo, no vaya a echarse un pedillo; para un honrado arquitecto, siempre queda el intelecto. Me sé otras. Son citas citables de Jimiroo Purdy. ¿No ha leído sus artículos en el Digest?, pero Javier se encuentra llorando sin poder controlarse, escandalosamente.

—Baje el volumen de sus lloriqueos, van a quejarse los vecinos.

Javier continúa llorando;
there is a season turn turn turn and a time for every purpose, advierten bíblicamente los Byrds desde el tocadiscos.

Hugo hace una seña

y Mónica acude al sillón donde se encuentra Javier.

—No llores, *án*dale, no llores.

—No me muelas —dice él, entre sollozos.

—Deveras no quiero que sufras, te juro que llegué a quererte, Javo, pero así es *esto*. Tú puedes ser feliz con tu esposa, con tus hijos, con tus condominios; eres muy posesivo, yo sólo soy un capricho para ti. Tú lo sabes. No tienes por qué andar emborra*chán*dote, insul*tán*dome con una vulgaridad que ni te queda ni sientes.

—Mónica, por favor, escúchame.

—Dime.

—Linda, manda al diablo a ese imbécil, él quién es, un médico chistosito y ya; yo te quiero de a deveras, palabra; mira, te voy a dar lo que desees, nos vamos a dar la vuelta al mundo|

—Me mandan una postal desde Vietnam —ríe Hugo.

—No le hagas caso, chula, me voy a vivir contigo, mando a mi esposa y a mis hijos a los Estados Unidos|

—No.

—allá está toda la familia de mi esposa, hay buenas uni|

39

—Deveras no, Javier. No te quiero.

—Pero por qué no.

—Porque no, entiéndelo.

—Ándale, ¿sí?

—Que *no*.

—¡Entonces lárgate al diablo con tu mugroso médico de a peso, vas a pasar hambres, apuesto que está casado y tiene una legión de hijos y te va a dar de patadas, no te visitará nunca, te va a pedir que te acuestes con sus jefes, así son los intelectuales, te te te|

—¡Cállate!

—No, déjalo, Mónica. Es un buen show.

—¡Usted no hable, pendejo, voy a matarlo, a escupir sus intestinos, a pisotear sus ojos podridos!

—*Arquitecto*. Cálmese.

—¡Déjeme en paz, le digo, maricón, impotente!

—¡Cállate la boca, Javier, eres un pobre borracho *estú*pido, qué bueno que te dejé, mereces el peor de los sufrimientos!

Mónica siente que sus ojos arden y los fricciona, oyendo cómo Javier continúa sollozando, cada vez más débilmente.

Hugo se levanta, sustituye a los Byrds con sedantes valses de Strauss.

—Cálmate, Monis, no te sulfures.

—¡Es que tú no entiendes! —grita ella—, es una porquería, quería que todo el tiempo estuviera ahí, esperándolo; no me dejaba modelar, me ofrecieron *miles* de trabajos y tuve que rechazarlos, y cine también, no fuera a enojarse el *monísimo* arquitecto.

—Ya ya, cálmate.

—Prostituta —exclamó Javier sin convicción, apurando su whisky. Se levanta para servir más

y ella lo va a recibir con el negligé de ochenta dólares que *yo* le compré y va a mover sinuosamente su adorable vientrecito caminando hacia atrás y perfumará el lóbulo de su oreja y dirá cómo me haces feliz acariciándole la espalda y ofrecerá sus senos en una bandeja su cuerpo entero y él desordenará su cabellera para que ella sonría y murmure uy mi amor estás loco y y Javier siente que el vaso lleno de whisky hierve en su mano, calcula la posibilidad de arrojarles la copa, para golpearlos, a ese par de cabezas que desgraciadamente no están juntas...

UN SOLO TIRO NO SE DESANIME DOS PÁJAROS PRUEBE SU PUNTERÍA OBSEQUIE A SU NOVIA CON UN CHULO MUÑECO SOLOLOY UN SOLO TIRO DOS PÁJAROS PAJARITOS PAJARITOS ÁNDELE   PRUEBE   UN TIRO ─────────────────────
────────────────Javier, fíjate, Javier|
                              —Pajarito pajarito —dice Hugo, armado de una cámara fotográfica sin película—. Mónica, por favor, colócate junto a Javier. Así. Sonrían. Muy bien.

Clic. Hugo desliza una risita.

—Todos tranquilos, ¿verdad? —y bebe un sorbito de su cocacola ya sin gas.

—¿Ya estás tranquilo? —pregunta Mónica y Javier asiente, como autómata—, ¿no me vas a insultar más? —él niega—, ¿vamos a quedar como amigos?, ¿no vas a molestarnos? *Dímelo.*

—Haz lo que quieras —murmura Javier, sintiéndose impecablemente borracho de nuevo, sin dolor de cabeza, sin frío, mirando a Mónica con ternura.

—Que conste, Javito —dice ella—, dame un beso. En la mejilla. *Á*ndale.

Javier da un beso tímido, casi pudoroso, en la mejilla de Mónica, quien con lentitud deshace su expresión fría; aun llega a sonreír, a reír, vivamente;

lo vas a abrazar, Mónica, vas a otorgarle toda tu humedad, Mónica, qué tipa|

—Oye, Javito, tienes que aclararle a tu esposa y a tus hijos que yo *nunca* tuve nada contra ellos, hasta llegaron a caerme bien, fíjate, sobre todo Servandito; digo, tú me entiendes, no es chistoso...

Mónica sonríe con cierto rubor.

—Vamos a jugar póquer —sugiere Hugo—, aún es temprano.

—Estoy muy borracho —explica Javier.

—Se siente usted mal, mi arquitecto —inquiere Hugo.

—No, estoy borracho.

—Bueno, entonces podemos jugar. Sabe usted jugar póquer, Javier.

—Sí.

—Perfecto. Lástima que no haya quien haga el cuatro, ¿no?

—Ja *ja* —comenta Mónica.

—Estoy borracho. Soy una porquería.

—No importa, arquitecto, así se han logrado las verdaderas fortunas.

—Ja —completa ella.

—Oye, linda, éste va a ser un juego limpio, no vayas a hacer trampas.

—Yo nunca hago trampas, idiota —afirma Mónica.

LUTO

Vagamente recuerda la muerte de su madre. En primer lugar, se alzó la figura de la tía Berta. Con palabras cortantes seleccionó las ropas de duelo y sus miradas glaciales se encontraron por todas partes. Antes de que su madre muriera, Baby nunca tomó en consideración a la tía Berta: una señora extremadamente delgada, que hablaba poco, para regañar, quejándose en todo momento del desorden en la familia de Baby.

—Pueden decir lo que quieran, pero lo que Cecilia —la madre de Baby— está haciendo con *esa* niña es incalificable —la tía dio un sorbo a su delaware y continuó—; naturalmente, Cecilia siempre ha estado un poco zafada. Tuvo mucha suerte al casarse *tan* bien, pero desde la muerte de Christian, Cecilia y esa niña van de mal en peor. Qué ocurrencia meterla en esa escuela..., ¿cómo se llama?

—Helena Herlihy Hall —precisó tímidamente Teresa: siempre quiso estudiar allí.

—Sí, *ésa* —nuevo sorbo al refresco.

Ahora bien, a Baby le sorprende no haber oído nunca decir a su tía si yo educara a esa niña, conmigo esa niña encontraría el buen camino, etcétera. Por eso le sorprende, aún más, que al morir su madre haya pedido que la tía Berta se encargase de cuidarla y (¡Maldita sea! —escupe al suelo Baby) de administrar su herencia.

La tía dijo en otra ocasión:

—Me parece muy dañino que le digan Baby... No sé, es un nombre frívolo, insensato.

En cambio, siempre le encantó que el padre de Baby se llamara Christian, por ser un nombre muy varonil (—¡Vieja payasa! —comenta Baby), muy sonoro y tan cristiano (—Me dan ganas de vomitar —agrega). A Baby no le importaba su apodo ni el nombre de su padre (—Déjenme en paz y podrán llamarme como quieran —enfatiza Baby dando una bocanada descomunal a su cigarro): ahora ya se acostumbró.

Baby tenía doce años cuando murió su madre. Lloraba más a causa de la sorpresa que por el dolor. Recuerda cómo fue guiada por la tía Berta. Mano huesuda, seca, rosario que colgaba. En el entierro Baby lloró muchísimo, aferrándose a la falda negra de su tía. La mano huesuda alcanzó a rozar la cabeza de Baby, antes de ser capturada por su familia en sus deseos de consolarla.

Pero tampoco oyó decir a su tía ahora que está a mi cuidado esa niña sabrá lo que es decencia, o algo por el estilo. Simplemente, Baby vio azorada cómo acomodaron su ropa, y casi sin darse cuenta, se encontró interna en el Motolinía, donde estudiaba su prima Teresa.

—Hice todas las canalladas que se me ocurrieron —ríe Baby—, invité a Tere a fumar, a ponernos medias, a pasar el tiempo contemplando las callecitas de la colonia del Valle. Si las mugrosas monjas no nos expulsaron fue por el *aprecio* que le tenían a doña Berta. Las monjas siniestras eran iguales a mi tía.

Observen a Baby: con risas malignas induce a Tere y a otras muchachas e invitan a una nueva educadora. —Nada más un refresquito, para que no se sienta sola aquí; después de todo tenemos casi la misma edad.

La educadora acaba de terminar sus estudios y está a prueba en el Motolinía. Al instante advierte que el refresco es casi puro ron, pero se siente de tal modo aterrorizada que bebe sin chistar. Finalmente recorre toda la escuela.

—¡Monjas rateras, me pagan cuatrocientos pesos y trabajo como mula, Dios las va a castigar, brujas!

Ante las niñas de primaria alza su vestido y muestra las pantaletas.

—¡Señorita, esto es bochornoso!

Baby aplaude.

La madre directora, furiosa, se quejó ante doña Berta y

Baby recibió una carta muy extensa ("estás endemoniada el hecho de que yo no esté ahí perviertes a tu prima el nombre de la familia mi hermana Cecilia se moriría de vergüenza no tienes casta") y la castigó prohibiendo que saliera los fines de semana (—Qué chiste, *jamás* había salido un fin de semana —aclara Baby, y agrega: —Aunque raspaba, cuando fui al baño me limpié con la carta). También reprendía a Teresa (en menor escala). Teresa es hija de la tía Ester y siempre estudió en el Motolinía.

Baby terminó sus estudios de comercio (a los diecisiete años porque no hizo secundaria) y la tía no pudo encontrar pretextos para evitar que Baby viviera en Acapulco, donde reside la familia.

En Acapulco, Baby se negó a trabajar o a estudiar algo más. Tuvo que vivir con su tía y sólo los fines de semana veía a Tere, que trabajaba como secretaria en el hotel Caleta.

Se levantaba muy tarde. Su diario cigarro antes del desayuno terminó por neurotizar a la tía. Pidió que le compraran un coche, y como no se lo concedieron, prácticamente requisó el destartalado hillman que perteneciera a su madre y que tenían ruleteando. Todos los días, aun fuera de temporada, iba a la playa donde se reunían los muchachos.

Baby se llevaba con todos pero sólo toleraba la plática de Jorge.

—Es un estúpido —decía—, pero chistoso.

En su casa la acusaban de incorregible, descocada, güila, etcétera, pero la verdad es que Baby era muy puritana. De acuerdo, de vez en cuando se besaba con Jorge, pero

—Eso no cuenta —dice Baby con regocijo.

Iba a fiestas, se desvelaba a menudo y respondía con monosílabos a los regaños de su tía. Fumaba ráleigh con filtro y bebía vodka martinis. Sin embargo, raramente pudo eludir la misa de las nueve (domingo tras domingo).

Llegó un momento en que dejó de hablar con su tía y toda comunicación mutua fue a través de sirvientas y familiares.

De vez en cuando, Tere tartamudeaba para pedirle que mejorase sus relaciones con la tía.

—Mira, Tere, eres media retrasada mental pero me *caes* bien, así es que cierra la alcantarilla que tienes por boca y nunca menciones a esa arpía.

—Cómo eres, Baby.

La tía Ester, inexorablemente, vaticinaba una vez a la semana:

—Baby, estás pecando contra la ley de Dios y de san Pedro y san Pablo. Tienes que hacer las paces con Berta, la estás matando, ¿no lo comprendes?

—¡Basta ya —explotó Baby una vez—, o dejan de estar molestándome o les doy de patadas! Que si no comprendo. ¿No comprenden ustedes que está robando mi dinero, que es una malvada, que quién sabe qué le dio a mi madre para que le diera poderes sobre mí? ¡Me vomito en la vieja infeliz, me dan ganas de enterrarle las uñas en los ojos y sacárselos y tirarlos al suelo y pisotearlos!

Calma, Baby.

Baby acostumbraba caminar por la playa, sola, en los días en que no había mucha gente. En un momento determinado se dejaba caer.

Baby hizo montoncitos de arena y mecánicamente los tiró al mar.

—Escucha tía —dijo al mar—, no puedes engañarme tan fácilmente. Estás acostumbrada a manejar a toda la familia, pero conmigo no vas a poder. Déjame decirte, nada más. Descubrí ya *todo*. Envenenaste a mi mamá. La envenenaste. Cuando estaba agonizando la obligaste a firmar ese mugroso papel que te concede mi patria potestad y la administración de mi lana. Mi mamá se agitaba, se rasguñaba la garganta, te veía sin poderte creer capaz de asesinarla. Porque eso hiciste. La asesinaste. Y ahora quieres matarme a mí. Todo lo descubrí bien, ¿verdad? ¡Por qué te quedas callada, estúpida! ¡Niégalo si te atreves! ¡Conmigo no vas a poder!

Baby escupió al mar.

—Pero deberían imaginar lo que me dijo una vez —especifica Baby, con la mirada en las colchas, un poco pálida.

Controlándose, Berta dijo:

—Mira, *niña*, he hecho todo lo posible porque nos llevemos bien, pero es imposible, Dios lo ha visto. Estás endemoniada. No quiero saber nada de ti. No puedo dejarte tu dinero hasta que cumplas veintiún años|

—¿Ajá?

—tú lo sabes. Ya nada más falta año y medio. Durante ese tiempo, ¿quieres irte a los Estados Unidos o a donde se te dé la gana?

—Sí, pero hasta que el dinero sea mío. Antes lárgate tú y déjame en paz.

—Qué cínica, ¿no? —comenta Baby—; además, esa vez yo tenía mi regla, no pude ir a la playa porque el kótex se notaba. No quería ver a nadie. Estaba furiosisisísima.

Jorge, la Malena, el Chupatesta, Rodolfo, Tomás y Baby fueron a El Rebozo. Tomás era hijo del presidente municipal y se sentía el gran donjuán de Acapulco. Sacó a bailar a Baby, mientras que Jorge los observaba fríamente, agitando su vaso para que los hielos chocasen.

Al poco rato, Baby regresó ceñuda. Tomás sonreía y sacó a bailar a Malena. El conjunto tocaba una rumba desde ocho minutos antes. Baby acabó de un trago su vodka martini. Jorge se acercó.

—Qué pasó, Baby.

—Nada.

—¿Te dijo algo Tomás?

—No.

—¿Se te pegó?

—Siempre bailamos así.

—¿Te agarró abajo?

—No.

—Oye, ¿vamos a coger?

—No.

—Ándale.

—No estés moliendo, payaso.

Jorge inició una narración pormenorizada y larguísima acerca de sus padres: querían ponerlo a trabajar. Aburrida, Baby salió a la playa.

—Esto no se queda así, tía —dijo al mar.

—Ya no sabía qué hacer —explica Baby, mientras la enfermera le tiende un jugo de naranja—. Ya estaba hasta el copete de todo...

Cuando la tía Berta murió (ataque cardiaco, diagnosticaron los médicos), la sorpresa fue general. Berta se veía fuerte, nudosa, con mucha vida aún. El velorio fue en la casa y Baby se negó a salir de su habitación. Cada cinco minutos, una tía, una prima tocaba en su puerta. Tienes que estar presente. Sal. Dios te castigará.

—¡Váyanse al diablo! —masculló Baby, pálida, acurrucada en la cabecera de la cama, sin dormir, oyendo los ruidos de los asistentes al velorio. Todo Acapulco acudió.

Al otro día.

Simplemente salió del cuarto, y tras ella, sus tías y primas la observaban, chismeando con seguridad.

—De cualquier manera, no me importaba —explica Baby alisando las sábanas—, podían decir lo que quisieran sin que a mí me importase.

Idiotas, se dijo, no son más que unas idiotas.

Se puso un bikini negro, una blusa roja y pasó por la ventana, para que la vieran. Allí, comprendió que no sabía qué hacer. Voy a la playa. Se encaminó hacia una cabina telefónica. Un veinte, zumbidos, voz con sueño.

—Jorge.

—Sí, quién es.

—Baby.

—Arajo, Baby, ya ni friegas, qué horas de hablar.

—Son las doce y cuarto.

—Es *muy* temprano.

—¿Me acompañas a la playa?

—Oye, ¿qué no se murió tu tía?

—Fíjate que sí.

—¿No la van a enterrar hoy?

—Eso supe. Pero está bien, si no quieres ni modo. Chao.

—Espérate, no te aloques.

—Entonces, ¿me acompañas?

Empezó a buscar un taxi. Se le ocurrió sacar el hillman, pero tendría que regresar a la casa. Repentinamente, Tere la alcanzó. Baby maldijo a los taxis de Acapulco.

—Nunca aparecen cuando se les necesita —dice Baby.

—No seas *mala*, tienes que ir al entierro.

—Tere, a pesar de tus cosas me caes bien. Mejor *párale*.

—¿Te das cuenta de lo que haces? Anoche no estuviste en el velorio, ya ahorita mi mamá y mi tía Cruz están diciendo lo *peor*.

—Pues que lo digan, manita, ojalá sus entierros sean pronto para tampoco ir.

—Entonces no piensas, deveras no piensas ir al entierro.

—No. Mira la blusa que me puse. Voy a la playa, ¿no quieres venir?

Tere permaneció inmóvil cuando Baby subió en el libre.

Jorge no habló del asunto y ella no pudo menos que agradecerlo. En la playa encontraron a los muchachos (—Ellos, claro, se sorprendieron al verme —cuenta Baby, observando un frasco con medicinas), quienes hicieron algunas preguntas. Baby respondió con evasivas.

Subieron hasta el restorán, donde todos pidieron cervezas y ella un vodka martini criminalmente seco, por favor. El conjunto abofeteaba con su pretensión de surf, pero nadie se puso exigente.

—¡Oye, Baby —aulló Tomás—, vamos a festejar tu nueva riqueza con un surfazo!

Baby no se molestó del todo, pero, ceñuda, se levantó a bailar. Tomás bailaba luciéndose, sin dignarse ver a Baby. Algunos turistas tomaron fotos y comentaron these guys are really stoned. Baby tomó asiento, fatigada, cuando Jorge decía lo de siempre.

—Las gordas, no lo nieguen, han emigrado de los Acapulcos. ¿Dónde están los hermosos tiempos en que había golfas hasta debajo de la mesa? Yastamos verracos|

—¡Vieja tu móder! —gritaron.

En vista de eso, Jorge contó sus peripecias en su último trabajo como bellboy en El Presidente. Casi se puso triste. Jorge conoce a Baby desde la infancia.

—Jorge —insiste Baby— también es un tarado.

Bajó a la playa. Vio a las olas desbaratarse en sus pies con violencia reprimida. La necesidad de caminar mucho

(—Hasta cansarme) la invadió. Iba alejándose de las zonas concurridas, caminó y sólo se detuvo al encontrar que la playa se interrumpía en unas rocas.

Se dejó caer. Sus dedos jugueteaban con montoncitos de arena y sonriendo amargamente los arrojaba sobre sus piernas. No quiero pensar nada, ahora soy libre, ahora me alejaré de mi cochina familia, seré lo que se me antoje, podré saber qué se me antoja, prefiero estar sola, vivir tranquila, vivir tranquila, vivir tranquila... Pero no se sentía tranquila, estaba erizada por los nervios, el agua que lamía sus piernas la martirizaba.

—Me sentí *mal* porque, al levantarme, la arena se había pegado a la blusa, al bikini y a las piernas —sonríe Baby, jugando a tapar y destapar el frasco lleno de medicinas.

Después se sintió furiosa porque unos tipos la miraban con insistencia, a lo lejos. Caminó unos pasos y volvió a sentarse, recargando la cabeza en sus rodillas, sintiendo que sus ojos cosquilleaban y que acabaría llorando.

—¡Vieja loca, deja de hacerte taruga! —gritó Jorge, pero se arrepintió al instante. —Perdóname, Baby —dijo al acercarse.

Idiota.

Regresaron juntos al restorán, donde ya se retiraban para ir a casa de Tomás. Todos bebieron como locos. (—Yo me quedé en un rincón, sentada en el suelo, con un vaso en la mano —dice Baby.) Se negó rotundamente a bailar y con bromas hirientes hizo que se alejara todo aquél que quiso acompañarla.

Baby se descubrió bastante borracha cuando Tomás subió en una mesa.

—Me acaba de hablar Rodolfo desde la cárcel, al muy menso lo agarraron presolín por faltas a la dizque decencia. Se impone sacarlo, ¿no?

Tomás se encaró con alguien que parecía ser el juez.

—Amigo, sabemos que por maniobras de alta política entambaron a nuestro zanquita Rodolfo Radilla y venimos a exigir su inmediata libertad.

El pretenso juez respondió que el joven Radilla debía

pagar una multa de mil pesos (—¡Mil pesos! —aullaron todos) porque se le sorprendió en plena playa cometiendo faltas a la moral con una muchachita que había logrado huir.

—Ya estaba muy mal —explica Baby—, sólo recuerdo que Tomás amenazó con avisarle a su papá.

A regañadientes el juez puso a Rodolfo en libertad: fue recibido con aplausos y trompetillas. Baby, perfectamente ebria, no había soltado su vaso.

—Propuse un brindis, ¿se imaginan? —dice Baby sonriendo con modesto rubor, aún medicinas en mano.

Baby los siguió hasta los autos y tomó asiento entre Tomás y Rodolfo.

—Oye, ¿qué no se murió tu tía?

Ella le miró los ojos, con la mente ida, parpadeando húmedamente, hasta que al fin pudo musitar:

—Sí, tengo que ir al entierro.

—Sí, eso dije —reconoce Baby, mirando las sábanas.

Pidió que detuviesen el auto y bajó a la calle, tambaleándose y con deseos de vomitar.

Un taxi.

El entierro ya había terminado y sobre la tumba de la tía Berta habían numerosos ramos de flores. Baby no supo qué estaba haciendo allí. Viendo la tierra amontonada, olorosa, con flores baratas encima, sintió el mareo.

—Palabra que no pude aguantarme, no pude, no pude, no pude —susurra Baby aferrándose a las sábanas: la enfermera se coloca a su espalda.

Intentó contenerse sin lograrlo y vomitó largamente sobre las flores (—Vomité como retrasada mental —precisa Baby), después, se dejó caer en el suelo, musitando hacia la tumba:

—Querida tía, ahora estamos en familia; explícame todo.

Y quedó en el suelo, esperando que su tía iniciara la plática.

TERCER ACTO:
HIGH TIDE AND GREEN GRASS

CUÁL ES LA ONDA

"Cuando me pongo a tocar me olvido de todo. De manera que estaba picando, repicando, tumbando, haciendo contracanto o concertando con el piano y el bajo y apenas distinguía la mesa de mis amigos los plañideros y los tímidos y los divertidos, que quedaron en la oscuridad de la sala."

Guillermo Cabrera Infante: *Tres tristes tigres*.

"Show me the way to the next whisky bar. And don't ask why. Show me the way to the next whisky bar. I tell you we must die."

Bertolt Brecht y Kurt Weill según the Doors.

Requelle sentada, inclinando la cabeza para oír mejor.

Mesa junto a la orquesta, pero muy.

Requelle se volvió hacia el baterista y dirigió, con dedos sabios, los movimientos de las banquetas.

Su badness, esta niña está lo que se dice: pasada, pero Oliveira, el baterista, muy estúpido como nunca debe esperarse en un baterista, se equivocaba.

Equivocábase, diría ella.

Requelle se hallaba sobria, *bien* sobria, quizá sólo para llevar la contraria a los muchachos que la invitaron al Prado Floresta. Ellos bailaban y reían y bebían disfrutando de Una Noche Fuera Estamos Cabareteando y Cosas De Esa Onda.

Cuál es la onda, no dijo nadie.

Pero olvidémonos de ellos y de Nadie: Requelle es quien importa; y el baterista, puesto que Requelle lo dirigía.

Una pregunta: querida, cara Requelle, puedes afirmar
que estás haciendo lo debido;
es decir, tus amigos se van a
enojar.

Requelle miró con ojos húmedos el cuero golpeadísimo
del tambor; y aunque no lo puedan imaginar —y seguramente *no* podrán— se levantó de la silla —claro— y fue hasta el
baterista, le dijo:

me gustaría bailar contigo.

Él la miró quizá con fastidio,
más bien sin interés, sin verla; a fin de cuentas la miró como
diciendo:

pero niñabonita, no te das cuenta de que estoy tocando.

Requelle, al ver la mirada, supuso que Oliveira quiso
agregar:

música mala, de acuerdo, pero ya que la toco lo menos
que puedo hacer es echarle las ganas.

Requelle no se dio por aludida ante la muda respuesta

(dígase: respuesta muda, no
hay por qué variar el orden
de los facs aunque no alteren
el resultado).

Simplemente permaneció al lado de Baterista, sin saber que
se llamaba Oliveira; quizá de haberlo sabido nunca se habría quedado allí, como niña buena.

El caso es que Baterista nunca pareció advertir la presencia de la muchacha, Requelle, toda fresca en su traje de
noche, maquillada apenas como sólo puede pintarse una muchacha que no está segura de ser bonita y desconfía de Mediomundo.

Requelle se habría sorprendido si hubiese adivinado que
Oliveira Baterista pensaba:

qué muchacha tan atractiva, otra que se me escapa a causa de los tambores

(de tontos tamaños, diría
Personaje).

Cuando, un poco sudoroso pero no dado a la desgracia, Oliveira terminó de tocar, Requelle, sin ningún titubeo, decidió repetir, repitió:

me gustaría bailar contigo;

no dijo:

guapo,

pero la mirada de Requelle parecía decirlo.

Oliveira se sorprendió al máximo, siempre se había considerado el abdominable yetis Detcétera. Miró a Requelle como si ella no hubiera permanecido, de pie, junto a él casi una hora.

(léase horeja, por aquello
de los tamborazos).

Sin decir una palabra (Requelle ya lo consideraba cuasimudo, tartamudo, pues) dejó los tambores, tomó la mano de Requelle,

linda muchacha, pensó,

y sin más la condujo hasta la pista.

Casi estaban solos: para entonces tocaba una orquesta *peor* y quién de los monos muchachos se pararía a bailar bajo aquella casimúsica.

Oliveira Baterista y Linda Requelle sí lo hicieron: es más, sin titubeos, a pesar de las bromas poco veladas, más bien obvias, de los conocidos requellianos desde la mesa:

ya te fijaste en la Requelle|

siempre a la caza demociones
fuertes|

fuerte tu olor|

bella Erre con quién fuiste a caer.

Erre no dio importancia a las gritadvertencias y bailó con Oliveira.

Bríncamo, gritó alguien de la orquestavaril y el ritmo, lamentablemente sincronizado, se disfrazó de afrocubano: en ese momento Requelle y Oliveira advirtieron que estaban solos en la pista y decidieron hacer el show, jugar a Secuencia de Film Sueco; esto es:

Oliveira la tomó gentilmente y
atrajo el cuerpecito fragante y tembloroso, que a pesar de

los adjetivos anteriores, no presentó ninguna resistencia.

Entonces siguieron los

ejejé|

ándale te vamos a acusar con Mamis|

muchachita des-
trampada|

Requelle, como buena niña destrampada, no hizo caso;
sólo recargó su cabeza en el hombro olivérico y se le ocurrió
decir:

quisiera leer tus dedos.

Y lo dijo, es decir, dijo:

quisiera leerte los dedos.

Oliveira o Baterista o Cuasimudo para Erre, despegó la
mejilla y miró a la muchacha con ojos profundos, conmo-
vidos y sabios al decir:

me cae que no te entiendo.

Sí, insistió Erre con Erre, quisiera leer tus fingers.

La mand, digo, la mano querrás decir.

Nop, Cuasi, yo sé leer la mano: en tu caso quisiera leerte
los dedos.

Trata, pecaminosa, pensó Oliveira,

pero sólo dijo:

trata.

Aquí, imposible, my queridísimo.

I wonder, insistió Oliveira, why.

You can wonder lo que quieras, arremetió Requelle,
y luego dijo: con los ojos, porque en realidad no dijo nada:

porque aquí hay unos imbéciles acompañándome, chato,
y no me encontraría en la onda necesaria.

Y aunque parezca inconcebible, Oliveira —sólo-un-bateris-
ta— comprendió; quizá porque había visto Les Cousins

(sin declaración conjunta)

y su-
ponía que en una circunstancia de ésas es riguroso saber leer
los ojos. Él supo hacerlo y dijo:

alma mía, tengo que tocar otra vez.

Yo, aseguró Requelle muy seria, dejaría todo sabiendo lo
que tengo entre manos.

Faux pas, porque Oliveira quiso saber qué tenía entre manos y la abrazó: así:

la abrazó.

Uy, pensó Muchacha Temeraria, pero no protestó para parecer muy mundana.

Tú victorias, gentildama, al carash con mi laboro.

Se separaron

(o separáronse, para evitar
el sesé):

Olivista corrió a la calle con el preolímpico truco de comprar cigarros y la buena de Requelle fue a su mesa, tomó su saco (muy marinero, muy buenamodamod), dijo:

chao conforgueses
a sus amigos azorados y salió en busca de Baterista Irresponsable. Naturalmente lo encontró, así como se encuentra la forma de inquirir:

ay, hija mía, Requelle, qué
haces con ese hombre, tanto
interés tienes en este patín.

Requelle sonrió al ver a Oliveira esperándola: una sonrisa que respondía afirmativamente a la pregunta anterior sin intuir que patín puede ser, y debe de, lo mismo que:

onda,
aventura, relajo, kick, desmoñe, et caetera,

en este caló tan
expresivo y ahora literario.

El problema que tribulaba al buen Olivista era:
do debo llevar a esta niña guapa.

Optó, como buen baterista, por lo peor: le dijo
(o dijo, para qué el le):
bonita, quieres ir a un hotelín.

Ella dijo sí para total sorpresa de Oliconoli y aun agregó:
siempre he querido conocer un hotel de paso, vamos al *más* de paso.

Oliveira, más que titubeante, tartamudeó:
tú lo has dicho.

¡Oliveira cristiano!

Quiso buscar un taxi, roído por los nervios

(frase para exclusivo solaz
de lectores tradicionales),

pero Libre no
acudió a su auxilio.

Buen gosh, se dijo Oliverista. No recordaba en ese momento ningún hotel barato por allí. Dijo entonces, muy estúpidamente:

vamos caminando por Vértiz, quien quita y encontremos
lo que buscamos y ya solitos gozaremos de lo que hoy apetecemos, qué dice usted, muchachita, si quiere muy bien lo
hacemos.

Híjole, susurró Requellexpresiva.

Hotel Joutel, plañía Oliveira al no saber qué decir. Sólo
musitó:

tú estudias o trabajas.

Tú estudias o trabajas, ecoeó ella.

Bueno, cómo te llamas, niña.

Niña tu abuela, contestó Requelle, ya estoy grandecita y
tengo buena pierna, de lo contrario no me propondrías un
hotel-quinientospesos.

De acuervo, accedió Oliveira, pero cómo te apelas.

Yo no pelo *nada*.

Cómo te haces llamar.

Requelle.

¿Requejo?

No: Requelle, viejo.

Viejos los cerros.

Y todavía dan matas, suspiró Requelle.

Ay me matates, bromeó Oliqué sin ganas.

Cuáles petates, dijo Req Ingeniosa.

Mal principio para Granamor, agrega Autor, pero no puede remediarlo.

Requelle y Oliveira caminando varias cuadras sin decir
palabra.

Y los dedos, al fin preguntó Olidictador.

Qué, juzgó oportuno inquirir Heroína.

Digo, que cuándo vas a leerme los dedos.

Eso, en el hotel.

Jajajó, rebuznó Oliclaus sin cansancio hasta que vio:

Hotel Esperanza,

y Olivitas creyó leer momentáneamente:

te cayó en el Floresta dejaste a tu orquesta mete pues la panza y adhiérete a la esperanza.

Esperanza. Esperanza.

¡Cómo te llamas!, aúllo Baterista.

Requelle, ya díjete.

Sí, ya dijísteme, suspiró el músico,

cuando pagaba los dieciocho pesos del hotel, sorprendido porque Requelle ni siquiera intentó ocultarse, sino que sólo preguntó:

qué horas no son,

e Interpelado respondió:

no son las tres; son las doce, Requita.

Ah, respondió Requita con el entrecejo fruncido, molesta y con razón:

era la primera vez que le decían Requita.

Dieciséis, anunció el empleado del hotel.

No dijo dieciocho.

No, dieciséis.

Entonces le di dos pesos de más.

Ja ja. Le toca el cuarto dieciséis, señor.

Dijo señor con muy mala leche, o así creyó pertinente considerarlo Baterongo.

Segundo piso a la izquierda.

A la gaucha, autochisteó Requelle,

y claro: la respuesta:

es una argentina.

No; soy argentona, gorila de la Casa Rosada.

Riendo fervientemente, para sí misma.

Oliveira, a pesar de su nombre, se quitó el saco y la corbata, pero Requita no pareció impresionarse. El joven músico suspiró entonces y tomó asiento en la cama, junto a Niña.

A ver los dedos.

Tan rápido, bromeó él.

No te hagas, a lo que te traje, Puncha.

Con otro suspiro —más bien berrido a pesar de la aso-nancia— Oliveira extendió los dedos.

Uno dos tres cuatro cinco. Tienes cinco, inteligentó ella, sonriendo.

Deveras.

Cinco años de dicha te aguardan.

Oliveira contó sus dedos también, descubrió que eran cin-co y pensó:

buen grief, qué inteligente es esta muchacha;

más bien lo dijo.

Forget el cotorreo, especificó Requelle.

Bonito inglés, dónde lo aprendiste.

Y Requelle cayó en Trampa al contar:

oldie, estuve *siglos* que literalmente quiere decir centuries en el Instituto Mexicano Norteamericano de Relaciones Cul-turales Hamburgo casi esquina con Génova buen cine los lunes.

Relaciones sexuales, casi dijo Oliveto, pero se contuvo y prefirió:

eso es todo lo que te sugieren mis dedos.

A Requelle, niña lista, le pareció imbécil la alusión y dijo: nañay, músico; y más y más: tus dedos indican que tienes una alcantarilla en lugar de boca y que eres la prueba irre-futable de las teorías de Darwin tal como fueron analizadas por el Tuerto Reyes en el Colegio de México y que debe-rías verte en un espejo para darte de patadas y que sería bueno que cavaras un foso para en, uf, terrarte y que harías mucho bien ha, aj aj, ciendo como que te callas y te callas de a deveras y todo lo demás, es decir, o escir: etcétera.

No entiendo, se defendió él.

Claro, arremetió Requelle Sarcástica, tú deberías trabajar en un hotel déstos.

Dios, erré la vocación.

Tú lo has dicho.

¡Requelle cristiana!

Para entonces —como puede imaginarse aunque seguramente les costará trabajo— Requelle no consideraba ni mudo ni tartídem a Oliveira, así es que preguntó, segura de que obtendría una respuesta dócil:

y tú cómo te llamas.

Oliveira, todavía.

Oliveira Todavía, ah ·caray, tu nombre tiene cierto pedigree, te quiamas Oliveira Todavía Salazar Cócker.

Sí, Requelle Belle, dijo él con galantería,

y vaticinó:

apuesto que eres una cochina intelectual.

Claro, dijo ella, no ves que digo puras estupideces.

Eso mero; digo, eso mero pensaba; pues chócala, Requilla, yo también soy intelectual, músico de la nueva bola y todo eso.

Intelectonto, Olivista: exageras diciendo estupideces.

Así es, pero no puedo evitarlo: soy intelectual de quore matto; pero dime, Rebelle, quiénes eran los apuestos imbéciles que acompañábante.

Amigos míos eran y de Las Lomas, pero no son intelojones.

Ni tienen, musitó Oliveira Lépero.

                   Y aunque parezca increíble, Muchacha comprendió.

                   Y hasta le dio gusto, pensó:

qué emoción, estoy en un hotel con un tipo ingenioso y hasta gro

      se

        ro

          te.

Olilúbrico, la mera verdad, miraba con gula los muslos de Requelle. Pero no sabía qué hacer.

Je je, asonanta Autor sin escrúpulos.

Oliveira optó por trucoviejo.

Me voy a bañar, anunció.

Te vas a qué.

Es questoy muy sudado por los tamborazos, presumió él, y Requelle estuvo de acuerdo como buena muchachita inexperimentada.

Sin agregar más, Oliveira esbozó una sonrisacanalla y se metió en el baño,

a pesar de la molestia que
nos causa el reflexivo, puesto
que bien se pudo decir simplemente y sin ambages: entró en el baño.

El caso et la chose es que se metió y Requelle lo escuchó
desvestirse, en verdad:

oyó el ruido de las prendas al caer en
el suelo.

Y lo único que se le ocurrió fue ponerse de pie también,
y como quien no quería la cosa, arregló la cama:
y no sólo extendió las colchas

sino que destendió la cama
para poder tenderla otra vez,

con sumo detenimiento.

Híjole, quel bruta soy, pensaba al oír el chorro de la regadera. Mas por otra parte se sentía molesta porque el cuarto no era tan *sucio* como ella esperaba.

(Las cursivas indican énfasis; no es mero capricho, es-
túpidos.)

Hasta tiene regadera, pensó incómoda.

Pero oyó:

ey, linda por qué no vienes pacá paplaticar.

Papapapapá, rugió una ame-
tralladora imaginaria, con lo
cual se justifica el empleo cí-
nico de los coloquialismos.

Requelle no quiso pensar nada y entró en el baño
(¡al fin!: es decir: al fin
entró en el baño)
para contemplar una cortina plus que sucia y entrever un
cuerpo desnudo bajo el agua que no cantaba cmon baby light
my fire.

Hélas, pensó ella pedantemente, no todos somos perfectos.

Tomó asiento en la taza del perdonado tratando de no
quedarse bizca al querer vislumbrar el cuerpo desnudo de,
oh Dios, Hombre en la regadera.

(Private joke dedicado a John
Toovad. N. del traductor.)

Él sonreía, y sin explicárselo, preguntó:

por qué eres una mujer fácil, Rebelle.

Por herencia, lucubró ella, sucede que todas las damiselas de mi tronco genealógico han sido de lo *peor*. Te fijas, dije tronco en vez de árbol, la Procuraduría me perdone; hasta esos extremos llega mi perversión.

And how, como dijera Jacqueline Kennedy; comentó Oliveira Limpio.

Y sabes cuál es el colmo de mi perversión, aventuró ella.

Pues, no la respuesta.

Olito, el colmo de mi perversión es llegar a un hotel de a peso|

De a dieciocho.

Bueno, de a dieciocho; estar junto a un hombre desnudo, tras una cortina, de acuerdo, y no hacer niente, rien, nichts, ni soca. Qué tal te suena.

Oliveira quedó tan sorprendido ante el razonamiento que pensó y hasta dijo:

a ésta yo la amo.

dijo, textualmente:

Requelle, yo te amo.

No seas grosero; además no tengo ganas, acabo de explicártelo.

Te amo.

Bueno, tú me hablas y yo te escucho.

No, te amo.

No me amas.

Sí, sí te amo, después de una cosa como ésta no puedo más que amarte. Sal de este cuarto, vete del hotel, no puedo atentar contra ti; file, scram, pírate.

Estás loco, Olejo; lo que considero es que si ya estás desudado podemos volver al Floresta.

Deliras, Requita, no ves que me escapé.

Se dice escapeme.

No ves que escapeme.

No veo que escapástete.

Bueno, darlita, entonces podemos ir a otro lugar.

A tu departamento, porjemplo, Salazar.

No la amueles, almademialma, mejor a tu chez.

En mi casa está *toda* mi familia: ocho hermanos y mis papás.

¡Ocho hermanos!

¡Ocho hermanos. . .!

Yep, mi apá está en contra de la píldora; pero explica: qué tiene de malo tu departamento.

Ah pues en mi departamento están mi mamá, mi tía Irene y mis dos primas Renata y Tompiata: son gemelas.

Incestuoso, acusó ella.

Mientes como cosaca, ya conocerás a mis primuchas, son el antídoto más eficaz contra el incesto: me gustaría presentárselas a algunos escribanos mexicones.

Entonces a dónde vamos a ir.

Podemos ir a otro hotel,

bromeó Oliveira.

Perfeto, tengo muchas ganas de conocer lugaresdeperdición, aseguró Requelle sin titubeos.

Baterista vestido, sin permitir que ella atisbara su cuerpo desnudo: no por decencia, sino porque le costaba trabajo estar sumiendo la panza todo el tiempo.

Hábil y necesaria observación:

Requelle, mide las conse-
cuencias de los actos con las
cuales estás infringiendo nuestras mejores y más sólidas tra-
diciones.

Los dos caminando por Vértiz, atravesando Obrero Mundial, el Viaducto, o

el Viaduto como dijo él

para que ella contestara

ay cómo eres lépero tú,

y la avenida Central.

Sabes qué, principió Baterista, estamos en la regenerada colonia Buenos Aires; allá se ve un hotel.

Allá vese un hotel.

Está bien: allá vese un hotel. Quieres ir.

Juega, enfatizó Requelle; pero yo pago, si no vas a gastar un dineral.

No te preocupes, querida, acabo de .cobrar.

Any old way, yo pago, seamos justos.

Seamos: al fin perteneces al habitat Las Lomas, sentenció Oliveira sonriendo.

La verdad es que se equivocaba y lo vino a saber en el cuarto once del hotel Buen Paso.

Requelle explicó:

a su familia de rica sólo le quedan los nombres de los miembros.

Estás bien acomodada, deslizó él pero Niñalinda no entendió.

Como queiras, Oliveiras.

Pero cómo que no eres rica, eso sí me alarma, preguntó Oliveira después de que ella confesó que

lo de los ocho hermanos no era mentira y que, ay, se llamaban

Euclevio, alma fuerte,

Simbrosio, corazón de roca,

Everio, poeta deportista,

Leporino, negro pero noble,

Ruto, buen cuerpo,

Ano, pásame la sal,

Hermenegasto, el imponente,

y

ella,

Requelle.

Ma belle, insistió él, amándola verdaderamente.

Se lo dijo:

te amo, dijo.

Ella empezó a excitarse quizá porque el cuarto había costado catorce pesos.

Dame tu mano, pidió.

Sinceramente preocupada.

Él la tendió.

Y Requelle se puso a estudiar las líneas, montes, canales, y supo

(premonición):

este hombre morirá de leucemia, oh Dios, vive en Xochimilco, poor darling, y batalla todas las noches para encontrar taxis que no le cobren demasiado por conducirlo a casa.

Como si leyera su pensamiento Olivín relató:

sabes por qué conozco algunos hoteluchos, miamor, pues porque vivo lejos, que no far out, y muchas veces prefiero quedarme por aquí antes de batallar con los taxis para que me lleven a casa.

Premonición déjà ronde.

Requelle lo miró con ojos húmedos, a punto de llorar: dejó de sentirse excitada pero confirmó amarlo,

lo puedo llegar a amar en todo caso, se aseguró.

En el hotel Nuevoleto.

Por qué dices que tu familia sólo es rica en los nombres.

Pues porque mi papito nos hizo la broma siniestra de vivir cuando estaba arruinado, tú sabes, si se hubiera muerto un poquitito antes la fam habría heredado casi un milloncejo.

Pero tú no quieres a tu familia, gritó Oliveira.

Pero cómo no, contragritó ella, son tantos hermanos plus madre y padre que si no los quisiera me volvería loca buscando a quién odiar más.

Transición requelliana:

mira, músico, lo grave es que los quiero, porque si no los quisiera sería una niña intelectual con bonitos traumas y todo eso; pero dime, tú quieres a tu madre y a tus primas y a tu tía.

Dolly in de la Smith Corona-250 sin rieles, en la mano, hasta encuadrar en bcu el rostro —inmerso en el interés— de Heroína.

A mi tía no, a mis primas regular y a mami un chorro.

Ves cómo tenía razón al hablar de incesto.

Ah caray, nada más porque he fornicado cuatrocientas doce veces con mein Mutter me quieres acusar dincesto; eso no se lo aguanto a nadie; bueno, a ti sí porque te amo.

No no no, viejecín, out las payasadas y explica: cómo llegaste a baterista si deveras quieres a tu fammy.

Pues porque me gusta, ah qué caray.

Ah qué caray.

¿Eh?

Eh.

Dios tuyo, qué payasa eres, armormío, hasta parece que te llamas Requelle la Belle.

Si me vuelves a decir la Belle te muerdo un tobillo, soy fea fea fea aunque nadie me lo crea.

Estás loquilla, Rejilla, eres bonitilla; además, son palabras que van muy bien juntas.

Requelle se lanzó a la pierna de Oliveira con rapidez fulminante

(rápida como fulminante)

y le mordió un tobillo.

Baterista gritó pero luego se tapó la boca, sintiendo deseos de reír y de hacer el amor confundidos con el dolor, puesto que Bonita seguía mordiéndole el tobillo con furia.

Oye, Requelle.

Mmmmm, contestó ella, mordiéndolo.

Hija, no exageres, te juro que me está saliendo sangre.

Mmmjmmm, afirmó ella, sin dejar de morder.

Fíjate, observó él aguantando las ganas de gritar por el dolor; que me duele mucho, sería mucha molestia para ti dejar de morderme.

Requelle dejó de morderlo;

ya me cansé, fue todo lo que dijo.

Y los dos estudiaron con detenimiento las marcas de las huellas requellianas.

Requelita, si me hubieras mordido un dedo me lo cortas.

Ella rio pero calló en el acto cuando

tocaron

la

puerta.

Ni él ni ella aventuraron una palabra, sólo se miraron, temerosos.

Oigan, qué pasahi, por qué gritan.

No es nada no es nada, dijo Oliveira sintiéndose perfectamente idiota.

Ah bueno, que no pueden hacer sus cosas en silencio.

Sus *cosas*, qué desgraciado.

Unos pasos indicaron que el tipo se iba, como inteligentemente descubrieron Nuestros Héroes.

Qué señor tan canalla, calificó Requelle, molesta.

y tan poco objetivo, dijo él

para agregar sin transición:

oye, Reja, por qué te enojas si te digo que eres bonita.

Porque soy fea y qué y qué.

Palabra que no, cielomío, eres un cuero.

Si insistes te vuelvo a morder, yo soy Fea, Requelle la Fea; a ver, dilo, cobarde.

Eres Requelle la Fea.

Pero de cualquier manera me quieres; atrévete a decirlo, retrasado mental, hijo del coronel Cárdenas.

Pero de cualquier maniobra de amo.

Ah, me clamas.

Te amo y te extraño, clamó él.

Te ramo y te empaño, corrigió ella.

Te ano y te extriño, te mamo y te encaño, te tramo y te engaño, quieres más, ahí van

Te callas o te pego, sí o no; amenazó Requelle.

Clarines dijo Trombones.

Caray, viejito, ya te salió el pentagrama y la mariguama.

Y esta réplica permitió a
Oliveira explicar:

adora los tambores, comprende que no se puede hacer gran cosa en una orquesta *pésima* como en la que toca y tiene el descaro de llamarse Babo Salliba y los Gajos del Ritmo.

Los Gargajos del Rismo deberíamos llamarnos, aseguró Oliveira. Sabes quién es el amo, niñadespistada, agregó, pues nada menos que Bigotes Starr y también este muchacho Carlitos Watts y Keith Moon; te juro, yo quisiera tocar en un grupo de esa onda.

Ah, eres un cochino rocanrolero, agredió ella, qué tienes contra Mahler.

Nada, Rävel, si a ti te gusta: lo que te guste es ley para mich.

Para tich.

Sich.

Uch.

Noche no demasiado fría.

Caminaron por Vértiz y con pocos titubeos se metieron
(se adentraron, por qué no)
en la colonia de los Doctores.

Docs, gritó Oliveira Macizo, a cómo el ciento de demeroles, pero Requelle:

seria.

En el hotel Morgasmo.

Ella decidió bañarse, para no quedar atrás.

No te vayas a asomar porque patéote, Baterongo.

Sus reparos eran comprensibles porque no había cortina junto a la regadera.

Regadera.

Oliveira decidió que verdaderamente la amaba pues resistió la tentación de asomarse para vislumbrar la figura delgadita pero bien proporcionada de su Requelle.

Oh, Goshito, es *mi* Requelle; tantas mujeres he conocido y vine a parar con una Requelle Trèsbelle; así es la vida, hijos míos y lectores también.

En este momento Oliveira se dirige a los lectores:

oigan, lectores, entiendan que es *mi* Requelle; no de ustedes, no crean que porque mi amor no nació en las formas habituales la amo menos. Para estas alturas la amo como loco; la adoro, pues. Es la primera vez que me sucede, ay, y no me importa que esta Requelle haya sido transitada, pavimentada, aplaudida u ovacionada con anterioridad. Aunque pensándolo bien... Con su permisito, voy a preguntárselo.

Oliveira se acercó cauteloso a la puerta del baño.

Requelle. Requita.

71

No hubo respuesta.

Oliveira carraspeó y pudo balbucir:

Requelle, contéstame; a poco ya te fuiste por el agujero del desagüe.

No te contesto, dijo ella, porque tú quieres entrar en el baño y gozarme; quieto en esa puerta, Satanás; no te atrevas a entrar o llueve mole.

Requelle, perdóname pero el mole no llueve.

Olito, ésa es una expresión coloquial mediante la cual algunas personas se enteran de que la sangre brotará en cantidades donables.

Sí, y ése es un lugar común.

Aj, de lugarcomala a coloquial hay un abismo y yo permanezco en la orilla.

Ésa es una metáfora, y mala.

No, ése es un aviso de que te voy a partir die Mutter si te atreves a meterte.

No vidita, cieloazul, My Very Blue Life, sólo quise preguntar, pregunto: cuántos galanes te han cortejado,

a quiénes de ellos has amado,

hasta qué punto con ellos has llegado,

qué sientes hacia este pobre desgraciado.

No siento, lamento: que seas tan imbécil y rimes al preguntar esas *cosas.*

Requelle Rubor.

Oliveira explicó que le interesaban y para su sorpresa ella no respondió.

Baterista consideró entonces que por primera vez se encontraba ante una mujer de mundo, con pasado-turbulento.

Requelle entró en el cuarto con el pelo mojado pero perfectamente vestida, aun con medias y bolsa colgante en el brazo.

Brazo.

Oye, Requeja, tú eres una mujer de mundo.

Yep, actuó ella, he recorrido los principales lenocinios Doriente, pero sin talonear: acompañada por los magnates

72

Eso, Requi, te lo credo.

Ya no te duele el tobillo.

Y cómo, cual dijo la hija de Monseñor.

Efectivamente, el tobillo le ardía y estaba hinchado.

Ella condujo a Oliveira hasta el baño y le hizo alzar el pie hasta el lavabo para masajear el tobillo con agua tibia.

Mi muerte, Requeshima miamor, clamó él; no sería más fácil que yo pusiera el pie en la regadera.

A pesar de tu pésima construcción, tienes razón, Olivón.

Qué tiene de mala mi constitución, quieres un quemón.

Y como castigo a un juego de palabras tan elemental, Requelle le dejó el pie en el lavabo.

Exterior. Calles lóbregas con galanes incógnitos de la colonia Obrera. Noche. (Interior. Taxi. Noche.) [O back projection.]

El radiotaxi llegó en cinco minutos. Requelle, pelo mojado subió sin prisas mientras, cortésmente, Oliveira le abría la puerta.

Chofer con gorrita a cuadros, la cabeza de un niño de plástico incrustada en la palanca de velocidades, diecisiete estampitas de vírgenes con niñosjesuses y sin ellos, visite la Basílica de Guadalupe cuando venga a las olimpiadas, Protégeme santo patrono de los choferes, Cómo le tupe la Lupe; calcomanías del América América ra ra ra, chévrolet 1949.

A dónde, jovenazos.

Oliveira Cauto.

Sabe usted, estimado señor, estamos un poco desorientados, nos gustaría localizar un establecimiento en el cual pudiésemos reposar unas horas.

Híjole, joven, pues está canijo con esto de los hoteles; la mera verdad a mí me da cisca.

Pero por qué señor.

Requelle Risitas.

Pues porque usted sabe que ésa no es de a tiro nuestra chamba; digo si usted me dice a dónde, yo como si nada, pero yo decirle se me hace gacho sobre todo si trae usted una muchachita tan tiernita como la que trae.

Hombre, pero usted debe de conocer algún lugar.

Pos sí pero como que no aguanta, imagínese.

Me imagino, dijo Requelle automáticamente.

Además luego como que se arman muchos relajos, ve usted, la gente se porta muy lépera y tovía quiere que uno entre en uno de esos moteles como los de aquí con garash de la colonia ésta la Obrera y pues uno nomás tiene la obligación de andar en la calle, no de meterse en el terreno particular, ah qué caray.

Perdone, señor, pero a nosotros realmente *no* tenemos deseos de que usted entre en ning*ún* hotel, sino que sólo nos deje en la puerta.

Híjole, joven, es que deveras no aguanta.

Mire, señor, con todo gusto le daremos una propina por su información.

Así la cosa cambea y varea, mi estimado, nomás no se le vaya a olvidar. Uno tiene que ganarse la vida de noche y casi no hay pasaje, hay veces en que nos vamos de oquis en todo el turno.

Claro.

Ahora verá, los voy a llevar al hotel de un compadre mío que la mera verdad está *muy* decente y la señorita no se va a sentir incómoda sino hasta a gusto. Hay agua caliente y toallas limpias.

Requelle aguantando la risa.

No sirve su radio, señor, curioseó Requelle.

No, señito, fíjese que se me descompuso desde hace un año y sirve a veces, pero nomás agarra la Hora nacional.

Es que ha de ser un radio armado en México.

Pues quién sabe, pero es de la cachetada prender el radio y oír siempre las mismas cosas, claro que son cosas buenas, porque hablan de la patria y de la familia y luego se echan sentidos poemas y así, pero luego uno como que se aburre.

Pues a *mí* no me aburre la Hora nacional, advirtió Requelle.

No no, si a mí tampoco, es cosa buena, lo que pasa es que

uno oye toda esa habladera de quel gobierno es lo máximo y quel progreso y lestabilidad y el peligro comunista en todas partes, porque a poco no es cierto que a uno lo cansan con toda esa habladera. En los periódicos y en el radio y en la tele y hasta en los excusados, perdone usted señorita, dicen eso. A veces como que late que no ha de ser tan cierto si tienen que repetirlo tanto.

Pues para mí *sí* hacen bien repitiéndolo, dijo Requelle, es necesario que todos los mexicanos seamos concientes de que vivimos en un país ejemplar.

Eso sí, señito, como México no hay dos. Por eso hasta la virgen María dijo que aquí estaría mucho mejor, ya ve que lo dice la canción.

Oliveira Serio y Adulto.

Es verdaderamente notable encontrar un taxista como usted, señor, lo felicito.

Gracias, señor, se hace lo que se puede. Nomás quisiera hacerle una pregunta, si no se ofende usted y la señito, pero es para que luego no me vaya a remorder la conciencia.

El auto se detuvo frente a un hotel siniestro.

Sí, diga, señor.

Es que me da algo así como pena.

No se preocupe. Mi novia es muy comprensiva.

Bueno, señito, usted haga como que no oye, pero yo me las pelo por saber si usted, digo, cómo decirle, pues si usted no va a estrenar a la señito.

Eso sí que no, señor, se lo juro. Mi palabra de honor. Sería incapaz.

Ah pues no sabe qué alivio, qué peso me quita de encima. Es así como gacho llevar a una señorita tan decente como aquí la señito para que le den pa sus tunas por primera vez. Usted sabe, uno tiene hijas.

Lo comprendo perfectamente, señor. Ni hablar. Yo también tengo hermanas. Además, mi novia y yo ya nos vamos a casar.

Ah qué suave está eso, señor. Deveras cásense, porque no nomás hay que andar en el vacile como si no existiera Diosito; hay que poner las cosas en orden. Bueno, ya llegamos

75

al hotel de mi compadre, si quieren se los presento para que me los trate a todo dar.

Muchas gracias, señor. No se moleste. Cuánto le debo.

Bueno, ahi usted sabe. Lo que sea su voluntad.

No no, dígame cuánto es.

Hombre, señor, usted es cuate y comprende. Lo que sea su voluntad.

Bueno, aquí tiene diez pesos.

Cómo diez pesos, joven.

Diez pesos está bien, yo creo. Nomás recorrimos como diez cuadras.

Sí pero usted dijo que me iba a dar una buena propela, además los traje a un hotel no a cualquier lugar. Al hotel de mi compadre.

Cuánto quiere entonces.

Cómo que cuánto quiero, no me chingue, suelte un cincuenta de perdida. Usted orita va a gozarla a toda madre y nomás me quiere dar diez pesos. Qué pasó.

Mire usted, cincuenta pesos se me hace realmente excesivo.

Ah ora excesivo, ah qué la canción. Por eso me gusta trabajar con los gringos, en los hoteles, ellos no se andan con mamadas y sueltan la lana. Carajo, yo que creí que usted era gente decente, si hasta viste bien.

Mire, deveras no le puedo dar cincuenta pesos.

Uh pues qué pinche pobretón, para qué llama radiotaxi, se hubiera venido a pata. Deme sus piez pinches pesos y váyase al carajo.

Óigame no me insulte. Tenga respeto, aquí hay una dama.

Una dama, jia jia, eso sí me da una risa; si ni siquiera es quinto.

Mire, desgraciado, bájese para que le parta el hocico.

No se me alebreste, jovenazo; deme los diez varos y ahi muere.

Aquí tiene. Ahí muere.

Ahi muere.

Oliveira y Requelle bajaron del taxi. El chofer arrancó a gran velocidad, gritándoles groserías a todo volumen, para el absoluto regocijo de Héroes.

Hotel Novena Nube,
cualquier cosa nomás écheme un grito. El cuarto treinta y
dos, tercer piso, daba a la calle. Dos pesos más.

En la ventana, abrazados, Requelle y Oliveira vieron que
un auto criminalmente chocado se las arreglaba para entrar
en el garaje de una casa. Al instante, sin ponerse de acuerdo,
los dos imitaron un silbato de agente de tránsito y sirenas,
y cerraron las cortinas, riendo sin poder contenerse.

Riendo incansablemente.

Pero Olivinho seguía preocupado porque ella no respon-
dió a sus t r a s c e n d e n t a l e s p r e g u n t a s; es decir, se
hizo guaje, se salió por la tangente, eludió el momento de la
verdad, parafraseando a Jaime Torres.

Y Oliveira acabó in-
quiriéndose (¿inquiriéndose?), viendo las preguntas en sobreimposición sobre el rostro (¡rostro!) sonriente

(casi disonanta con el último gerundio)
y un poco fatigado

(on se peut voir sans aucune
hésitation l'absence de con-
sonances; nota del lector)

de Requelle:
acaso soy un macho mexicón, qué me importa su turbu-
lento pasado si veramente lamo.

Decidió sonreír cuando Requelle descompuso su cara con
un sollozo.

Por qué lloras, Requelle.

No lloro, imbécil, nada más sollocé.

Por qué sollozas, Requelle.

Porque se siente muy bonito.

Oh, en serio. . .

¿En sergio?

Sergio Conavab, a poco lo conoces.

Sí, Oli, me cae *mal*, es un vicioso y estoy pensando que tú
también eres un vicioso.

Qué clase de vicioso; explica, reinísima: vicioso de mora,
motivosa, maripola, mostaza, bandón u chanchomón; te re-

77

fieres a lente oscuro macizo seguro o vicioso de qué, de áci-
do, de silociba, de mezcalina o peyotuco, porque nada de
eso hace vicio.

Vicioso de lo que sea, todos los músicos son viciosos y
más los roqueros.

Yo, Requina, sólo me doy mis pases de vez en diario, al
grado de que agarro el ondón cuando estoy sobrio, como
ahorita; pero no soy un vicioso, y aun si lo fuera ése no es
motivo para llorar, sólo un idiota lloraría, como este Sergio
Lupanal.

Cuál Sergio Lupanar. No menciones a gente que no conozco, es una descortesía; y además sólo una idiota *no* lloraría.

Eso es, pero como tú eres inteligente y lumbrera, nada
más sollozas; y para tu exclusiva información es mi melancólico deber agregar que te ves bonita sollozando.

Yo no me veo bonita, Oliveira, ya te dije.

No seas payasa, linda, como broma ya atole.

Ya pozole tu familia de Xochimilco.

Mi familia de dónde.

De Xochimilco, no vive en Xochimilco.

Claro que no, vivimos en la colonia Sinatel.

Dónde está eso.

Por la calzada von Tlalpan, bueno: a la izquierda.

¡*Eso* es camino a Xochimilco!

Sí, por qué no, pero también es camino a Ixtapalapa, mi
queen, y asimismo, a Acapulco pasando por Cuernavaca,
Taxco y Anexas el Chico.

Oliveira, tú tienes leucemia, vas a morirte; lo sé, a mí no
me engañas.

Nada más tengo legañas; tu lengua en chole, mi duquesa,
yostoy sano cual role.

Bonita y original metáfora pero no me convences: vas a
morir.

Bueno; si insistes, que sea esta noche y en tus brazos, como
dijera el pendejo Evtushenko; ven, vamos a la cama.

No tengo ganas, deveras.

No le hace.

Aparentemente convencida, Raquelle se recostó; cuerpotenso como es de imaginarse,
pero él no intentó nada; bueno:
le acarició un seno con naturalidad y se recargó en el estómago requelliano,
y ella pudo relajarse al ver que Oliveira permanecía quieto.
Sólo musitó, esta vez sinceramente:
siento como si escuchara a Mozart.
Ésas son mamadas, dijo él, déjame dormir.

Y se durmió,
para el completo azoro de Requelle. Primero era muy bonito sentirlo recargado en su estómago, mas luego se descubrió incomodísima;

ahora me siento como personaje de Mary McCarthy,
pero sólo pudo suspirar y decir, suponiéndolo dormido:
Oliveira Salazar, te hablo para no sentirme tan incómoda, déjame te decir, yo estudio teatro con todos los lugares comunales que eso apareja; voy a ser actriz, soy actriz,
soy Requelle Lactriz;
estudio en la Universidad, no fui a Nancy y no lo lamento demasiado. Cuando viva contigo voy a seguir trabajando aunque no te guste, lero lero Olivero buey, mi rey; supongo que no te gustará porque ya desde ahorita muestras tu inconformidad roncando.
La verdad es que Oliveira roncaba pero no dormía————
————————al contrario, pensaba:
con que actriz, muy bonito, seguro ya has andado en millones de balinajes, ese medio es de lo peor, muy chulis.
Claro que bromeaba, pero luego Oliveira
ya
no
estaba
seguro
de
bromear.
En la móder, soy un pinche clasemedia en el fondo.
Requelle tenía entumido el vientre y se había resignado

al sacrificio estomacal cuando, sin ninguna soñolencia, Oliveira se incorporó y dijo casi con ansiedad:

Requeya, Reyuela, Rayuela, hijo de Cortázar; además de ser el amo con la batería, sé tocar guitarra rickenbaker, piano, bajo eléctrico, órgano, moog synthesizer, manejo el gua, vibrador, assorted percussions, distortion booster et fuzztone; sé pedir ecolejano para mis platillos en el feedback y medio le hago al clavecín digo, me encantaría tocar bien el clavecín y ser el amo con la viola eléctrica y con el melotrón; y además compongo, mi vida, mi boda, mi bodorria; te voy a componer sentidas canciones que causarán sensación.

Ay qué suave, dijo ella, yo nunca había inspirado nada.

Y sigues sin inspirar nada, bonita, digo: feíta, te dije que *voy* a componerlas, no que lo haya hecho ya.

Mira mira, a poco no te inspiré cuando estabas tocando en el Floresta.

Claro que no.

En la calle, luz del alba.

Tengo hambre, anunció Requelle.

Caminando en busca de un restorán.

Un policía apareció mágicamente y ladró:

por qué está molestando a la señorita.

Yo no estoy molestando a la señohebrita.

Él no me está molestando.

Usted no la está molestando, afirmó el policía antes de retirarse.

Requelle y Oliveira rieron aun cuando comían unos caldos de pollo con inevitables sopes de pechuga.

A qué hora abren los registros civiles, preguntó Oliveira.

Creo que como a las nueve, respondió ella

con solemnidad.

Ah, entonces nos da tiempo de ir a otro hotelín.

Hotel Luna de Miel.

El empleado del hotel miraba a Oliveira con el entrecejo fruncido.

Armose finalmente, intuyó Requelle.

Están ustedes casados.

Claro, respondió Oliveira sin convicción.

Requelle lo tomó del brazo y recargó su cabeza en el hombro olivérico al completar:

que no.

Y su equipaje.

No tenemos, vamos a pagar por adelantado.

Sí, señor, pero éste es un hotel decente, señor.

Ah pues nosotros creímos que era un hotel de paso.

Pues no, señor; y no que me dijo questaban casados.

Y lo estamos, mi estimated, pero nos da la gana venir a un hotel, qué no se puede.

Y a poco cren que les voy a crer.

No, ni queremos.

Pues es que aquí cuesta el cuarto cuarenta pesos, presumió Empleado.

Újule, ni que fuera el Fucklton, ahi nos vemos.

Oye no, Oli, estoy muy cansada: yo pago.

Qué se me hace que usted está extorsionando aquí a la señorita.

Qué se me hace que usted es un pendejo.

Mire, a mí nadie me insulta, señor, ah qué caray; va a ver si no le hablo a la policía.

No antes de que le rompa el hocico.

Usted y cuántos más.

Yo solito.

Olifiero, por favor, no te pelees.

Si no me voy a pelear, nomás voy a pegarle a este tarugo, como dijera la canción de los Castrado Brothers, discos RCA Victor.

Ah sí, muy macho.

No señor, macho *jamás* pero le pego.

No me diga.

Sí le digo.

No mesté calentando o deveras le hablo a los azules.

Vámonos, Oliveira.

Vámonos, mangos.

Bueno, van a querer el cuarto sí o no.

A cuarenta pesos, ni locos.

Ándele pues, ahi que sean veinte.

Ése es otro poemar, venga la llave.

El cuarto resultó más corriente que los anteriores.

Ella se desplomó en la cama pero el crujido la hizo levantarse en el acto.

Se ruborizó.

No seas payasa, Requelle.

Ay cómo eres.

Ay cómo soy.

Pausa conveniente.

Uy, tengo un sueño, aventuró ella.

Yo también; vamos a dormirnos, órale.

No. Digo, ya no tengo sueño.

Olivérica mirada de exasperación contenida.

Ándale.

Pero luego quién nos despierta.

Yo me despierto, no te apures.

Oliveira empezó a quitarse los zapatos.

Te vas a desvestir.

Claro, respondió él.

Y yo.

Desvístete también, a poco en Las Lomas duermen vestidos.

No.

Ahí está.

Oliveira ya se había quitado los pantalones y los aventó a un rincón.

Se van a arrugar, Oli.

Despreocupación con sueño.

Qué le hace.

Se quitó la camisa.

Estás re flaco, necesitas vitaminarte.

Al diablo con las vitavetas y ésa es una seria advertencia que te ofrezco.

Se metió bajo las sábanas.

Tilt up hasta mejor muestra del rubor requelliano.

82

No te vas a dormir.

Es que no tengo sueño, Olichondo.

Bueno, yo sí: hasta pasado mañana.

Le dio un beso en la mejilla y cerró los ojos.

Requelle consideró:

siempre sí tengo sueño.

Muriéndose de vergüenza.

Muchacha se quitó la ropa, la acomodó con cuidado, se metió en la cama y trató de dormir............

Oliveira cambió de posición y Requelle pegó un salto.

Oliveira, despiértate, tienes las patas muy frías.

Cómo eres, Requi, ya me estaba durmiendo. Y además no era mi pata sino mi mano.

Sí, ya lo sé. Me quiero ir.

Aporrearon la puerta.

Quién, gruñó Baterista.

La policía.

Al carajo, gritó Oliveira.

Abra la puerta o la abrimos nosotros, tenemos una llave maestra.

Requelle trataba de vestirse a toda velocidad.

Váyanse al diablo, nosotros no hemos hecho nada.

Y cómo no, no está ahi dentro una menor de edad.

Eres menor de edad, preguntó Oliveira a Requelle.

No, contestó ella.

No, gritó Baterista a la puerta.

Cómo no. Abra o abrimos.

Pues abran.

Abrieron. Un tipo vestido de civil y Empleado.

Requelle había terminado de vestirse.

Ya ve que abrimos.

Ya veo que abrieron.

Bueno, cómo se llama usted, preguntó el civil a Requelle, pero fue Oliveira quien respondió:

se llama la única y verdadera Lupita Tovar.

Señorita Tovar, es usted señorita, quiero decir, es usted menor de edad.

Usted *es*, deslizó Oliveira sin levantarse de la cama.

Déjese de payasadas o lo llevo a la cárcel.

Usted no me lleva a ninguna parte, menos a la cárcel porque el barrio me extraña. Quién es usted, a propósito.

La policía.

Híjole, que uniformes tan corrientes les dieron, deberían protestar.

Soy la policía secreta, payaso.

Usted es la policía secreta.

Sí señor.

Fíjese que se lo creo, puede verse en sus bigotes llenos de nata.

Oliveira guardó silencio y Requelle tomó asiento en la cama.

(Nótese la ausencia del habitual e incorrecto: se sentó.)

La nuestra Requelle repentinamente tranquilizada.

Hasta bostezó.

El secreto: callado también, perplejo;
panzón se le deja, agrega un amigo de Autor.

Oliveira los miró un momento y luego se acomodó mejor en la cama, cerró los ojos.

Oiga, no se duerma.

No me dormí, señor, nada más cerré los ojos; cómo voy a poder dormirme si no se largan.

Ves cómo es re bravero, mano, lloriqueó Empleado.

Qué horas son, preguntó Baterista.

Las ocho y media, le respondieron.

Ah caray, ya es tarde; hay que ir al registro civil, vidita, dijo Oliveira como si los intrusos no estuvieran allí: se puso de pie y empezó a vestirse.

(Adviértase ahora la ausencia de: se paró; nota del editor.)

Señorita Tovar, decía el agente, usted es menor de edad.

84

Si usted lo dice, señor. Tengo doce años y nadie me mantiene, y no me hable golpeado porque mi hermano se lo suena.

Ah sí, échemelo.

Yo soy su hermano, especificó Oliveira.

Agente escandalizado.

Cómo que su hermano, no diga esas cosas o le va pior.

Me va peor, corrigió Oliveira,

permitiendo que la Acade-
mia de la Lengua suspire con
alivio.

Se puso el saco y guardó su corbata en el bolsillo.

Bueno, vámonos, dijo a Requelle.

A dónde van, no le saquen, culeros.

Oliveira miró al secreto con cara de influyente.

Se acabó el jueguito. Cómo se llama usted.

Víctor Villela, contestó el secreto.

No se te vaya a olvidar el nombre, hermanita.

No, hermanito.

Salieron con lentitud, sin que intentaran

detenerlos. Al llegar a la calle, los dos se echaron a correr desesperadamente. Al llegar a la esquina, se detuvieron.

Nadie los seguía.

Por qué corremos, preguntó Requelle Lingenua.

La pícara ingenua.

Nomás, respondió él.

Cómo nomás.

Sí, hay que ejercitarse para las olimpiadas, pequeña: mens marrana in corpore sano.

Llegaron al registro civil cuando apenas lo abrían y tuvieron que esperar al juez durante media hora.

(Échese ojo esta vez al inte-
ligente empleo de: durante;
nota del linotipista.)

Al fin llegó, hombre anciano, eludiste la jubilación. Oliveira aseguró:

aquí la seño tiene *ya* sus buenos veinticinco añejos y cuatro abortos en su *curri*culum; yo, veintiocho: años, claro; la mera verdad, mi juez, es que vivimos arrejuntadones, éjele, y hasta tenemos un niño, un machito, y pues como que queremos legalizar esta innoble situación para alivio de nuestros retardatarios vecinos con un billete de a quinientos.

Y sus papeles, preguntó el oficial del registro civil.

Ya le dije, mi ultradecano, nomás es uno: de a quinientos.

El juez sonrió con cara de qué muchachos tan modernos y explicó:

miren, en el De Efe no van a lograr casarse así, si hasta parece que no lo supieran, esas cosas se hacen en el estado de México o en el de Morelos. Ni modo.

Ni modo, concedió Baterista, nada se perdió con probar.

Afuera el sol estaba cada vez más fuerte y Requelle se quitó el abrigo.

Chin, dijo ella, voy a tener que pedirle permiso a mi mamá y todo eso.

Eres o no menor de edad, preguntó Oliveira.

Claro que *sí*.

Chin, consintió él.

Caminando despacio.
Bajo el sol.

Criadas con bolsa de pan miraban el vestido de noche de Requelle.

Requelle, ma belle, sont des mots qui vont très bien ensemble, cantó Oliveira.

Que no me digas así, sangrón: juro por el ho*nor* de tus primas Renata y Tompiata que vuélvote a morder.

Sácate, todavía tengo hinchado el tobillo.

Ah, ya ves.

Se renta departamento una pieza todos servicios.

Lo vemos, propuso Requelle.

Edificio viejo.

Parece teocalli, pero aguanta, aventuró él.

Está espan*to*so, aseguró Requelle, pero no le hace.

El portero los llevó con la dueña del edificio, ella da los informes ve usted.

Señora amable. Con perrito.

Oliveira se entretuvo haciendo cariños al can.

Queríamos ver el departamento que se alquila, señora, dijo Requelle,
sa belle;
          le presento a mi marido, el licenciado Filiberto Rodríguez Ramírez; Filiberto, mi amor, deja a ese perrito tan bonito y saluda a la señora.

Buenos días, señora, declamó Oliveira Obediente, licenciado Domínguez Martínez a sus rigurosas órdenes y a sus pies si no le rugen, como dijera el doctor Vargas.

Ay qué pareja tan mona hacen ustedes, y tan jóvenes, tan tiernitos.

                              Entrecruzando miradas.

Favor que nos hace, señora, verdad Elota, comentó Oliveira.

Sí, mazorquito mío.

Vengan, les va a encantar el departamento, tiene mucha luz, imagínense.

Nos imaginamos, respondió Requelle automáticamente.

Para Angélica María

PASEO:
DESPACIO CON UN RITMO CONTINUO

LLUVIA

Caminé con lentitud, a causa del frío y la llovizna, hasta llegar a la Casa Sin Fronteras. Intuí que doña Elvira me esperaba a disgusto. Nada más alzó las cejas: un poco despectivamente, me atrevería a calificar. Con una seña me indicó que la siguiese. Lo hice, manos en el bolsillo, ya con mi entrecejo fruncido a causa de la actitud, que consideraba insólita, de doña Elvira. Recorrimos el pasillo silencioso de la Casa hasta entrar en un salón para mí desconocido.

Los sillones de cuero oscuro se hallaban ocupados por los ancianos del consejo. Todos asintieron con aire de vago respeto cuando apareció doña Elvira, pero nadie se puso de pie. La dama no pareció conceder importancia a ese gesto descortés. Sin musitar una sola palabra llegó hasta el escritorio, hurgó en los cajones y extrajo lo que supuse una fotografía vieja: desde la puerta, donde permanecí, no alcancé a precisar si efectivamente lo era. Doña Elvira ocultó de hecho la fotografía en un sobre sin membrete en el cual guardó también una hoja mecanografiada. El que parecía decano del consejo se incorporó, fue hasta el escritorio y dijo algo a doña Elvira, mirándome. Ella respondió con un solo movimiento de cabeza y con la mirada dura.

Me era particularmente extraña esa brusquedad de doña Elvira, quien si bien nunca había sido efusiva, tampoco imponía la rudeza como actitud cotidiana: ni siquiera ante la presencia poco regocijante de los miembros del consejo ni al hallarse en una habitación sobria, fría y despersonalizada como en la que nos encontrábamos. Los miembros del consejo parecían tal vez de más edad a causa de la luz grisácea que apenas se vislumbraba tras las cortinas y el ambiente lluvioso de la mañana que se filtraba hasta la habitación.

Finalmente doña Elvira susurró algo al decano que se encontraba de pie y salió del cuarto, sin indicarme si debía de seguirla o no. Opté por hacerlo, dado que el anciano empezó a exponer algo, en otro idioma y con la voz tensa, a los miembros del consejo. Seguí a doña Elvira hasta su despacho, donde, sin invitarme a tomar asiento, escribió unas líneas en un papel que introdujo también en el sobre sin membrete. Tomó otro sobre de la mesa y me tendió ambos, en silencio. Su evidente malhumor, o así lo supuse en ese momento, me impidió emitir algunas frases que yo juzgaba pertinentes y me hizo salir de la habitación, caminar con cierta rapidez y salir a la calle para encender un cigarro, puesto que en la Casa se prohibe fumar. Llovía tenuemente y me esquiné en el rellano de la puerta para no mojarme. El humo del cigarro irrumpió en mi interior y por primera vez en muchos años me hizo toser. Me pareció normal porque hacía mucho frío y mis dientes castañeteaban a pesar de haber escogido la ropa necesaria para esa temperatura.

El membrete de uno de los sobres permitía leer: "Casa Sin Fronteras. Instituto Superior de Cultura, Ciencias y Solidaridad." Quise ver inmediatamente el contenido de los sobres pero la sola perspectiva de quitarme los guantes lo impidió.

Fui a un restorán cercano donde pedí un desayuno frugal y donde me dispuse a examinar los documentos. Del sobre membretado obtuve una hoja inmejorablemente mecanografiada que para mi sorpresa no estaba dirigida a mí, sino a un señor Edmundo Barclay. Titubeé unos momentos al pensar si debía o no de leer algo destinado a otra persona y bebí con lentitud el café ardiente, sintiendo cómo el calor rompía los conductos de mi interior, obstruidos por el frío. Momentos antes el humo del cigarro me ofreció una sensación parecida. El restorán se hallaba casi vacío y para entonces el mesero se aburría en una mesa apartada. Sin ningún motivo razonable creí que alguien me observaba, esperando que yo leyese la correspondencia del señor Barclay. El humo del café se elevaba en espirales tibias.

"Señor Barclay: No se trata de eludir la responsabilidad sino de enfrentarla. A usted se le encomendó todo lo concerniente a la señorita de los Campos y la Casa espera que se cumplan sus decisiones, hasta ahora retardadas por su falta de interés, ya que nos consta su capacidad. Tampoco se trata de fijar plazos precisos: táctica semejante contradiría nuestros principios y nuestra estrategia; sin embargo, esperamos noticias suyas en menos de cuarenta y ocho horas. Reciba usted un saludo cordial de E. Fields, administradora."

No dejó de preocuparme, aunque en ese momento no entendí la razón, el que la misiva no se hallase fechada. Sentí un cosquilleo sutil en mi esófago y encendí otro cigarro para mitigar la sensación, a la vez que volví a recorrer la estancia con la mirada: el restorán seguía vacío a excepción del mesero. Sonreí al advertir que su parecido con el decano hubiera sido extraordinario de no ser por la juventud de quien me atendía.

Del mismo sobre también extraje la que efectivamente resultó una fotografía sepia, vieja. En ella se podía admirar a una muchacha muy joven, con cierto aire bucólico. Unas largas trenzas cubrían el pecho de su blusa abotonada hasta el cuello y sobre la cabellera lacia, estirada, era notable una peineta oscura. La muchacha lucía una expresión impasible, casi pétrea, y miraba al objetivo de la cámara sin piedad, fijamente. Supuse que cuando la magnesia la iluminó, ni siquiera había pestañeado sino que persistió en esa mirada inflexible sobre la cámara. Sin ningún remordimiento, y aun con una sonrisa, llegué a la conclusión de que se trataba de la señorita de los Campos.

Cuando me dispuse a leer la nota adjunta a la fotografía, alcé la cabeza y vi que el anciano del consejo caminaba con pasos firmes en dirección del mesero. En ningún momento me dirigió una sola mirada y tomó asiento en la mesa del rincón para susurrar algo al joven. Susurrar no es el término adecuado, puesto que yo me hallaba más bien lejos de ellos y no pude escuchar ni una sola de sus palabras, pero sí observé que la forma en que el anciano inclinó la cabeza en dirección de su parecidísimo y joven escucha no se halló desprovista de intimidad. Cuando volví al contenido del sobre sin membrete tuve la impresión de que ambos se volvían para mirarme: eso me obligó a beber el resto del café mediante un solo trago y al sentir lo amargo me di cuenta, hasta entonces, de que no lo había endulzado. Meneé la cabeza al reprimir un ruido impropio de mi boca y me concentré en la nota escrita, en mi presencia, por doña Elvira.

"Es mi melancólico deber reiterarle que la localización inmediata de la señorita de los Campos es una grave necesidad de la Casa. Adjunto su fotografía y todos los informes que dispongo acerca de ella, aunque seguramente todo este material ya se halla en su poder. Tengo la ingenuidad de creer que usted extravió estos datos y que a eso se debe su morosidad. Es obvio aclararle que ahora debe cuidar todo este material con un celo excesivo y cumplir sin titubeos lo establecido. Ésta es la última advertencia: usted sabe muy bien que la Casa ejecutará el único castigo posible si sus órdenes no son cumplidas en esta ocasión. E. F."

Debo confesar: seguía perplejo ante el hecho de que me hubieran sido entregadas esas notas. La última evidentemente también fue dirigida al señor Edmundo Barclay, quien quiera que él fuese, según se infería en el texto. Pero lo que más me dejaba perplejo era que doña Elvira la redactó en mi presencia y me la entregó. Ella sabía que yo no era Edmundo Barclay. Era ridículo considerar un error, ya que doña Elvira y yo habíamos sido presentados tres meses antes. Ella me contrató para unos trabajos tediosos de contabilidad y archivo relacionados con un material de la Casa que consideré incomprensible y es más: caótico. Doña Elvira se mostró en aquella ocasión prudentemente cortés y yo procuré trabajar con la mayor atención posible para no causar una impresión indebida ante una dama tan gentil.

Ella seguramente quedó satisfecha con mis resultados ya que al poco tiempo volvió a llamarme para una empresa similar, lo que me agradó mucho pues los estipendios de la Casa eran más que generosos. También esa vez trabajé rápido y bien y por ese motivo fui llamado de nueva cuenta. Considerando que un trabajo estable con la Casa era más que importante, no titubeé en levantarme temprano a pesar del frío inclemente y de la llovizna que entristecía la mañana. Ya he referido lo que sucedió después: se me trató con descortesía y me entregaron unos papeles insensatos que no estaban dirigidos a mí.

Tuve que alzar los ojos nuevamente, mas para mi sorpresa el decano y el mesero continuaban inmersos en sus cuchicheos, sin mirarme, a pesar de que ésa fue la impresión que experimenté. Un poco inquieto a causa de todo eso y del frío que llegaba a colarse hasta el restorán, me avoqué al estudio del sobre restante, ya sin preocuparme porque no estuviese dirigido a mí. Si se me había hecho perder el tiempo y padecer frío bien podía satisfacer mi curiosidad antes de hacer entrega de los sobres y su contenido a doña Elvira.

Dentro del sobre sin membrete se encontraban varias cuartillas esa vez inmejorablemente mimeografiadas donde se narraba, con un estilo llano y conciso, casi periodístico, lo que podía considerarse la biografía de la señorita de los Campos. Al terminar de leer la inquietud que se había ido filtrando en mí aumentó considerablemente por varios motivos que quizá puedan parecer pueriles.

Primero, en todo el legajo nunca se mencionó el nombre de pila de la señorita de los Campos. Segundo, tampoco se hacía referencia a una época en particular, todo refería a un momento repetible en cualquier año; sin embargo, por alguna razón inexplicable, privaba la impresión de que los sucesos concernientes a la señorita de los Campos habían tenido lugar a principios de siglo. Tercero y fundamental, la amenaza que era muy fácil de asumir del texto.

Las hojas suscintamente relataban esto:

La señorita de los Campos apareció en la ciudad sin que nadie supiese cuál era su origen. A primera vista parecía una bella muchacha de campo, pero nada más. Sin embargo, cuando la Casa accedió a cuidarla, se vio que la muchacha era poseedora de una inteligencia nada común así como de un poder de asimilación notable, por lo que pronto fue introducida en asuntos de interés de la Casa. Parece ser que cuando la recogieron, la señorita de los Campos no cumplía aún quince años, mas por algún motivo se mostraba desde entonces renuente a indicar dónde había nacido, qué era de sus padres, en qué circunstancias vivió hasta ese momento y por qué había ido a la ciudad, primero, y por qué se presentó en la Casa Sin Fronteras casi en el acto.

Estas preguntas fueron olvidándose con el paso del tiempo dado que la señorita de los Campos cumplió admirablemente con las tareas que se le asignaron. Casi nunca salía de la Casa, era obediente de las instrucciones y prohibiciones; se le adivinaba discreta y silenciosa, no fumaba ni parecía tener inclinación a la frivolidad. Poco a poco fue entrando en asuntos de mayor importancia y su discreción fue ejemplar. Las autoridades de la Casa enviaron instrucciones desde el extranjero para que se le diesen responsabilidades mayores y el resultado fue siempre inmejorable.

Así pasaron cinco años en los que, sin embargo, fue despertándose una gran curiosidad entre la gente que la rodeaba: la señorita de los Campos continuaba luciendo tan fresca y lozana como cuando tenía quince años.

Fue en esa época cuando ocurrió el primer asesinato: el que entonces era decano del coro y quien era responsable de los principales asuntos de la Casa fue encontrado muerto a puñaladas en uno de los salones del segundo piso. Parece ser que nunca se averiguó quién lo había ultimado, pero siempre quedaron en el aire las circunstancias crudelísimas del crimen: una agonía lentísima a través de setenta y cuatro pequeñas puñaladas que se aplicaron en las plantas del pie, en los tobillos, en las manos, en los brazos, mientras se dejó para el final las partes vitales del organismo. Eso significaba que el asesinato necesitó treinta y dos horas para completarse: casi tres días.

Lo que intrigaba era el hecho de que en esas horas nadie reparó en la ausencia del decano y que nadie se hizo sospechoso ya que habían estado cumpliendo tareas fácilmente comprobables. Aún no se ahuyentaba de la Casa el recuerdo de aquel deceso cuando tuvo lugar el siguiente: esa vez en la persona de quien tomó el lugar de su antecesor como decano y responsable de la Casa.

Las circunstancias del segundo crimen fueron parecidísimas a excepción de que en aquella vez fueron ciento cincuenta y ocho puñaladas; es decir, setenta y cuatro horas. Como la primera vez, las heridas habían sido causadas por un filo muy pequeño y la muerte se atribuyó a la pérdida de sangre: no obstante, el asesino continuó asestando puñaladas aun cuando el anciano había fallecido.

Las autoridades de la Casa Sin Fronteras llegaron desde el extranjero para investigar, con resultados similares a los anteriores. La señorita de los Campos se mostró particularmente entusiasta en la aclaración del suceso, y por supuesto, ella estaba fuera de toda sospecha. Tampoco esa vez se llegó a descubrir el origen y el móvil de tales crímenes y por alguna razón, antes de irse, las autoridades de la Casa desconfiaron del decano en turno del consejo y dieron la responsabilidad de la institución a la señorita de los Campos, a pesar de su juventud evidente. Ella cumplió sus deberes como siempre, al máximo de sus posibilidades, y repentinamente desapareció.

Supongo que desapareció llevándose algo muy importante porque desde ese momento se desató una verdadera conmoción en la Casa. El decano del consejo tomó las riendas del Instituto y todos procuraron dar con la señorita de los Campos. En las cuartillas que leí no se indicaba el lapso que sucedió a continuación, sino que simplemente se asentaba la llegada oportuna y valiosísima de doña Elvira, quien al paso de dos meses demostró tal eficiencia que se le concedió la dirección de la Casa cuando el decano del consejo falleció: esa vez de muerte natural.

Prácticamente, eso era todo. Ignoro quién haya redactado las cuartillas que leí, pero me aterró una idea muy obvia que se desprendía del contenido del sobre membretado y de una nota final en el segundo sobre: se indicaba que la señorita de los Campos había sido vista en nuestra ciudad y que debía ser localizada. Era evidente que encargaron a Edmundo Barclay que encontrara a la señorita de los Campos para darle muerte. Se infería que la Casa la consideraba responsable del asesinato de los dos decanos y que ella poseía algo de suma importancia para el Instituto que era necesario recuperar a cualquier precio. Pero lo que más me intrigaba era que doña Elvira me hubiese entregado ese material, considerando que me conocía de sobra y sabía que yo no era Edmundo Barclay.

Me aterraba la idea de que en la primera nota se hablara de un plazo de cuarenta y ocho horas, que nunca sabré si para entonces había fenecido o no, y que hubiese una amenaza implícita en las notas dirigidas a Edmundo Barclay. Es decir, era de suma importancia para mí regresar ese material y dejar toda la responsabilidad al señor Barclay, antes de que por una equivocación insensata la Casa se decidiese a tomar represalias en mi contra.

Para entonces la sola idea de comer algo me parecía repugnante y hasta dejé lo que sobraba de mi café. En algún momento de mi lectura el decano se había ido y en el restorán sólo permanecía el mesero, mirándome. Es decir, no me miraba pero la impresión de que me estuviera vigilando no dejaba de preocuparme. En un momento de temor ridículo, comprensible después de haber leído lo que leí, ni siquiera quise llamar al joven para pedir la cuenta, sino que deposité en la mesa un billete de mediana denominación y salí apresuradamente, procurando no volver la vista.

Atravesé la calle mientras el frío me golpeaba nuevamente y las gotas insípidas de la lluvia se insinuaban en mi ropa, y llegué a la puerta de la Casa. Antes de tocar, descubrí que no había ninguna placa que indicase que me hallaba ante la Casa Sin Fronteras, pero no me detuve en ese tipo de observaciones y toqué la puerta con cierta e innecesaria violencia. Nadie respondió y entonces me permití dar de puntapiés a la madera, pensando que la campana no servía. Para mi sorpresa se escuchó una voz masculina, sin que se abriese la puerta. Por más que intenté dejar los sobres se me indicó que doña Elvira no se encontraba en esos momentos, ignoraba a qué horas regresaría. A la persona en cuestión le era imposible responsabilizarse por los sobres que yo pretendía dejar. Calculé la posibilidad de introducirlos por la rendija de la puerta pero me asaltó el temor de que si por alguna circunstancia aciaga se extraviasen, la Casa seguiría considerando que yo era Edmundo Barclay con todas las consecuencias funestas que se desprendían.

Así pues, caminé de nuevo hacia mi casa y al llegar a la esquina alcancé a ver con el rabillo del ojo que el decano del consejo se acercaba al local de la Casa. Corrí lo más rápido que pude para alcanzarlo antes de que entrara, a pesar de que el aire glacial apuñaleaba mis pulmones por el ejercicio; sin embargo, una corriente de aire acometió mi rostro y me vi precisado a cerrar los ojos cuando unas basurillas se colaron en ellos y cuando los abrí de nuevo, aún corriendo, el decano ya había entrado en la Casa; es decir, tuvo que haber entrado, a pesar de que se encontraba a una distancia más bien lejana de la puerta. Era imposible que se hubiese desvanecido en el aire o que se hubiera teleportado, de manera que consideré fuera de toda conjetura su entrada en la Casa. Fui de nuevo allí y toqué, haciendo uso de la campana, de mis manos enguantadas y de mis pies, pero nadie respondió.

Dejé de insistir porque el ejercicio, el frío y la llovizna de la mañana prácticamente paralizaron mis miembros y tuve un calambre en la pierna. Traté de frotarla pero desistí sabiendo que el frote no aliviaría nada. Ya desde antes padecía de ese tipo de calambres y sólo el paso de algunos minutos los aliviaba, aunque durante el lapso requerido el dolor era apenas tolerable. Tuve que tomar asiento en la banqueta y cuando el dolor desapareció, perdí todo deseo de continuar llamando en la puerta. Me invadió un cansancio repentino. Tuve incluso una oleada de impotencia y una coalición de sentimientos se posesionó de mi garganta, invitándome a sollozar.

Pude controlar el caos de sentimientos que padecía y caminé hasta la casa de huéspedes donde habitaba, aspirando el aire glacial de la mañana, permitiendo ya con cierta satisfacción que rompiera mis pulmones.

En casa leí y releí el contenido de los sobres y más que nada contemplé la fotografía de la señorita de los Campos. Su expresión impersonal, la mirada inflexible me apasionaban y quise vivamente localizarla, buscarla hasta sentir esos ojos duros, fijos en mi persona. Tuve que sacudir la cabeza para alejar la sensación hipnótica que me producía esa mirada y empecé a buscar el teléfono de la Casa Sin Fronteras. Por un descuido insensato, imperdonable, había olvidado anotar el número en mi libreta de direcciones. Eso se debió, me justifiqué, a que la Casa se hallaba muy cerca de donde yo vivía y nunca me vi en la necesidad de telefonear a doña Elvira.

Me llamaron a comer un poco después del mediodía y no tuve ánimos de hacerlo, obsesionado como estaba en la búsqueda del teléfono de la Casa. Recibí también una misiva de mi madre y por primera vez en mi vida la leí sin atención. Me comunicaba que los asuntos familiares seguían su curso habitual, que la vida de provincia era estática, entretenida en sus ocupaciones de siempre. No contesté a la carta de mi madre en el acto, como acostumbraba, sino que seguí buscando el número telefónico. Finalmente lo encontré garabateado en unos apuntes hechos tres meses antes.

Fui al pasillo de la casa de huéspedes y traté de comunicarme con doña Elvira. El teléfono sonaba siempre ocupado y los zumbidos breves y monótonos punzaban en mis oídos cada vez que marcaba el número de la Casa Sin Fronteras.

Decidí finalmente regresar a mi cuarto para continuar con los trabajos de contabilidad que me fueron encomendados por una empresa que esporádicamente acudía a mí y que pagaba sin demoras y bien. Sentí apetito y como era indebido molestar a la cocinera a esas horas, salí a la calle en busca de un lugar donde comer antes de avocarme al trabajo pendiente.

Ahora considero normal que haya ido a parar en el restorán en que desayuné esa mañana. O sea, frente a la Casa Sin Fronteras. Casi con naturalidad consideré que estaba bien: así terminase de comer iría a ver a doña Elvira para aclarar todo, le diría que esa misma tarde tendría sus sobres y es más: le ocultaría que los hubiera leído; creo que era lógico: si vi que las notas no estaban dirigidas a mí, ni siquiera tuve la impertinencia de leerlas. Entré en el restorán de buen ánimo y casi no me fijé en que de nuevo estaba vacío, a excepción del mismo joven mesero dormitando. Me permití algunas reflexiones acerca de la juventud sin ambiciones que prefiere vegetar en un restorán antes de emprender algo trascendente, ordené unos emparedados ligeros, una sopa que intuí de lata y me puse de pie para ir al baño a lavar mis manos. Vi mi imagen en el espejo y me aseguré de dormir esa noche para borrar las ojeras que padecía.

Cuando regresé a la mesa encontré un papel doblado. Inmediata e incongruentemente mi corazón empezó a latir con fuerza. Busqué con la mirada quién lo había dejado pero nadie se hallaba a la vista, a excepción del joven mesero. Con una nerviosidad reprobable desdoblé el papel.

"Usted está perdiendo el tiempo. Aténgase a las consecuencias. Urge localizar a la señorita de los Campos."

Nadie firmaba la nota, mecanografiada sin un solo error. Nadie se encontraba a la vista. La calle estaba vacía como era natural en un día tan frío en el cual persistía la llovizna.

El mesero llegó con mi sopa y mis emparedados, y con una expresión de verdadero tedio. Lo interrogué exhaustivamente acerca de la nota, pero según él no había visto a nadie, ya que tuvo que permanecer en la cocina mientras preparaban mi orden. Le di las gracias e intenté dar un mordisco en uno de los emparedados. Una materia viscosa se enterró en mis dientes, mi saliva no bastaba para humedecerla y sentí inmediatos deseos de vomitar.

Tan pronto como pude salí del restorán para aspirar aire frío, apoyado en la pared, implorando porque no volviese a aparecer un calambre. Me tribularon imágenes de la señorita de los Campos con su mirada impersonal e inflexible, y del malhumor de doña Elvira. Hasta entonces creí advertir que ambas mujeres se parecían mucho. Lo que las hacía parecidas, descubrí un poco después, era la mirada. Doña Elvira siempre me veía con una fuerza que desde el principio me turbó.

De nuevo sentí un caos de sentimientos estrangulando mi garganta. La imagen de la señorita de los Campos no se iba y cada vez más yo admiraba su belleza, la tersura de su cutis, sus ojos fríos y un poco crueles. Atravesé la calle, sintiendo a mis espaldas la mirada del mesero. Llegué a la puerta de la Casa y volví a llamar con violencia. Nadie me abrió.

El frío me hacía temblar, mis dientes castañeteaban y mis manos enguantadas se hallaban rígidas. No supe qué hacer. Seguí golpeando la puerta sin ningún resultado, hasta que repentinamente retrocedí unos pasos y vi la cara del decano del consejo en una de las ventanas superiores. No puedo precisar la expresión con que me veía. Me volví en el acto y vi al mesero del restorán apoyado en la puerta, mirándome también. En ambos coincidía un rostro donde se mezclaba la impaciencia, el sarcasmo, la crueldad.

Eché a correr hacia una esquina y sólo logré detenerme cuando tuve la alucinación, tenía que ser una alucinación, de la señorita de los Campos caminando con pasos rápidos hacia la otra calle. Era la señorita de los Campos, estaba seguro, aunque sólo alcancé a ver su cara de lejos, un poco cubierta por el cuello del abrigo. Pero algo me gritaba que era la señorita de los Campos: yo nunca había visto su cuerpo, mas intuía que ese cuerpo esbelto, bien proporcionado, vestido con elegancia, con ropas inclasificables en alguna época en particular, era el de ella.

Seguí corriendo hacia la señorita de los Campos, quien caminaba apresuradamente. Tuve la estúpida sensación de que alguien me seguía pero no le di importancia. Sólo quería alcanzarla, en realidad no sé para qué. La vi detener un taxi con un movimiento preciso y elegante de su mano. No pensé en buscar otro, como hubiera sido lógico. Corrí y corrí durante un par de cuadras mientras el auto empequeñecía a lo lejos, sin dar una vuelta.

Me detuve cuando sentí que mis pulmones estaban a punto de estallar; todo mi cuerpo ardía, deseaba despojarme de toda la ropa, del abrigo pesado que me impedía correr con más agilidad, de los guantes que se adherían a mis manos como ventosas, de la bufanda que me estrangulaba. Me apoyé en la pared para jadear escandalosamente, adivinando que mis ojos se hallaban irritados y sintiendo que mis pies temblaban. Poco a poco el aire helado se fue filtrando a través de la ropa y cuando empezaba a disminuir el volumen de mis jadeos el calambre se inyectó en una de mis piernas. Fue tan repentino y tan doloroso que me contraje exhalando un quejido, entre los jadeos, en el momento en que me pareció ver al decano una cuadra más allá en la esquina, mirándome.

Cerré los ojos con violencia y mis párpados ardieron. El aire frío y la llovizna me paralizaban, mi nariz estaba acuosa y estornudé. Quise meter mi mano en el bolsillo para extraer un pañuelo porque la humedad del estornudo se congelaba en mi nariz, pero mi mano enguantada no pudo entrar. Traté de quitarme el guante mas sentí los brazos paralizados. El decano del consejo se acercaba hacia mí y yo ansiaba ir hacia él, hablarle, pedirle que me acompañase para poder entregar los papeles. Pero el decano, cuando se hallaba a pocos pasos de mí, dio media vuelta y empezó a caminar en dirección contraria.

El calambre aún no me abandonaba y me impedía caminar; cojeé hacia la figura del anciano que se retiraba y me detuve en seco. Mis ojos se hallaban húmedos y una rabia impotente anidaba en mi garganta. Jadeando aún, mientras el calambre se desvanecía, vi que el decano se iba, empequeñecía como el taxi de la señorita de los Campos, y no pude moverme. Mis miembros se desplazaban con mayor soltura mas aún me era imposible caminar, todo mi cuerpo se encontraba laxo y me deslicé por la pared hasta quedar sentado en el suelo, con las piernas extendidas. El cansancio fluyó por mi cuerpo y salió por los pies, como si fuera una corriente eléctrica.

Dos o tres personas pasaron por la banqueta y me miraron desaprobadoramente, pero no me importó: a mí, que la idea del ridículo siempre me había aterrado; yo, que todo el tiempo y en toda mi vida me comporté con seriedad, que evité los escándalos, tal como me enseñaran. Cuando me levanté el anciano ya no se veía.

Caminé con lentitud hacia la casa de huéspedes, donde cenaban ya. No respondí a la amable invitación que me formularon para que los acompañase. Llegué a mi cuarto y tuve un sobresalto al verlo en orden, como de costumbre. Había tenido la certeza de que todo se hallaría revuelto y que una sombra se descolgaría del ropero para asesinarme. Pero todo se hallaba en orden y me desplomé en la cama, respirando pausadamente, atento a todo ruido que se filtraba del exterior.

Ya había anochecido y me levanté para correr las cortinas de la ventana. Hasta entonces me fijé que sobre mi mesa de trabajo se encontraba otro papel doblado. Dejé caer los brazos, con exasperación, y caminé hasta la mesa. El papel era idéntico al que recibí en el restorán: tenía los tres mismos dobleces. Supe que ese papel era mi sentencia de muerte, por no haber cumplido con las instrucciones de la Casa. Seguramente había expirado ya el plazo de localizar a la señorita de los Campos y para entonces procederían a cumplir con la amenaza. Ya no me preocupé por Edmundo Barclay, consideré que el tipo había tenido una fortuna inmensa al ser confundido conmigo, aunque no existiese ninguna razón para la equivocación de doña Elvira. Tomé la nota y la desdoblé.

Estaba en blanco.

Arrugué el papel y lo tiré con todas las fuerzas que pude. Era una broma siniestra. Me sentí desconsolado y volví a dejarme caer en la cama, mientras las lágrimas corrían por mi piel helada, abriendo unos surcos de calor. Tenía deseos de que la puerta se abriese y apareciera el mesero, el decano, doña Elvira, las autoridades de la Casa, la señorita de los Campos, para matarme.

Con una lentitud que a mí mismo me sorprendió volví a ponerme de pie, guardé los sobres en mi abrigo, encendí un cigarro y salí a la calle. Si iba a suceder algo que sucediera ya. Me encaminé a la Casa Sin Fronteras y no presté atención al ver el restorán cerrado. Empecé a sentir una ira que crecía paulatinamente; deseaba golpear a alguien, enterrar un puñal minúsculo interminables veces, empezando por la planta de los pies, los tobillos, las manos, los brazos, hasta dejar al final las partes vitales.

Todas las luces de la Casa estaban apagadas. Respiré con fuerza, disponiéndome a acercarme con lentitud para aporrear la puerta hasta desfallecer, cuando vi que un taxi se detenía. De él bajó una mujer esbelta, bien proporcionada, vestida con elegancia. Apresuradamente extrajo unas llaves de su bolso y abrió la puerta de la Casa, en la que entró con rapidez. Yo me hallaba extático, sin poder creerlo. El restorán estaba cerrado. Las luces de la Casa se encontraban apagadas. La señorita de los Campos tenía la sangre fría de entrar en el lugar donde menos debía de hacerlo. Otro auto llegó y bajaron dos personas. La oscuridad me impidió ver quiénes eran. Entraron en la Casa con rapidez.

La habían localizado. La habían seguido todo el tiempo y ahora se hallaba en sus manos. Iban a matarla y yo lo sabía; yo, inmóvil en la pared.

Recordé fulminantemente la imagen de la señorita de los Campos en la fotografía sepia y vieja que tenía en mi poder. Quizás ella había asesinado con tanta crueldad a los dos decanos del coro, tal vez ella había robado documentos importantísimos de la Casa, cualesquiera que fuesen. Pero posiblemente no, quizá la señorita de los Campos no tuvo nada que ver con eso. Se fue de la Casa porque intuyó algo, una serie de actividades innombrables, una secta legendaria que se proponía ceremonias aterradoras; una comunidad de seres no humanos que vigilaban el desenvolvimiento de la humanidad desde todos los rincones de la tierra; o una asociación delictuosa, un sindicato del crimen dispuesto a ejecutar las sentencias que imponía. De cualquier forma, la señorita de los Campos no podía tener nada que ver con eso. Y ahora la asesinarían, ya la tenían dentro.

De repente advertí que todas ésas eran estupideces: yo no tenía que ver. Me habían confundido con un pobre diablo, un matón profesional. Decidí introducir los sobres por la rendija de la puerta y que pasara lo que pasara. Pero repentinamente recordé que para ellos yo era Edmundo Barclay: yo no había cumplido con la misión encargada y tan pronto como terminaran con la señorita de los Campos me buscarían. Me seguirían por doquier, no habría forma de explicarles que yo no era Edmundo Barclay y me matarían de la manera más estúpida, mientras el otro, el que no cumplió, el matón, Edmundo Barclay, disfrutaría de la vida sin sobresaltos.

Sin darme cuenta fui retrocediendo, alejándome de la Casa. Caminé cada vez con más prisa, mientras el frío y la llovizna atacaban mi rostro. Me sabía sucio, sudoroso y aterido de frío. Fui caminando hasta llegar a la casa de huéspedes. Entré lo más rápido que pude y llegué a mi cuarto, dispuesto a empacar todo y huir esa misma noche hacia mi casa, a mi verdadera casa, con mi madre, mi familia.

Abrí el ropero y al sacar mi maleta vi algo que me obligó a contener un grito. Retrocedí aterrado y al llegar a mi mesa de trabajo advertí que en mis hojas, en las que yo trabajaba, estaba lo mismo. Y saqué mi agenda y también se hallaban allí y saqué mi archivo de correspondencia y en todo lo mismo. Empecé a desconocer todo. Por supuesto, ya nada tenía sentido. Abrí un cajón del escritorio y vi la fotografía. Corrí al baño para verme en el espejo.

Entonces regresé a la Casa Sin Fronteras. Fui caminando con toda lentitud, volviéndome a cada instante, con el corazón desorbitado, sin sentir ni el frío ni la llovizna. Eran capaces de todo, hasta de una broma macabra como la que me acababan de practicar. Los autos seguían frente a la puerta. No sé por qué me paralizaba un miedo cerval, un terror que hacía lentísimos y elásticos mis movimientos. Pero también tenía la certeza de que necesitaba advertir a la señorita de los Campos. Lo más probable es que ya la hubiesen matado, mas yo debía probar.

La puerta se hallaba cerrada, así es que me encaramé en la ventana y rompí un cristal para abrir. Logré saltar e introducirme en la Casa. Me hallaba en un saloncito oscuro. Tanteé por la pared hasta llegar a la puerta que, supuse, conducía al pasillo por donde yo había entrado en otras ocasiones, esa misma mañana.

Caminé por el pasillo hasta llegar al salón donde doña

Elvira había reunido a los ancianos del consejo. La luz se filtraba por las rendijas de la puerta cerrada. Me acerqué hasta donde la prudencia lo permitía y alcancé a escuchar varias voces —todas de ancianos— y la voz de un joven que sobresalía por lo impersonal. Hablaba sin ningún acento en particular y modulando sin matices, casi como una máquina. La voz se me hizo demasiado conocida a pesar de que tenía la certeza de haberla oído en una sola ocasión a lo sumo.

Poco a poco fui dándome cuenta de que aún no capturaban a la señorita de los Campos y que ésa era la causa de la conmoción. Sentí un júbilo irrefrenable, inexplicable. No todo se oía con claridad pero también pude escuchar que hablaban de mí, es decir, de Edmundo Barclay, pero no llegué a precisar qué decían.

Alguien se acercó a la puerta y caminé con pasos silenciosos y rápidos hacia la oscuridad, alejándome de la habitación pero hacia dentro en vez de dirigirme hacia la salida. Sentía la cabeza pesada y un dolorcito en el muslo que ya conocía bien: el anuncio de un posible calambre. Sin embargo, el miedo era tanto que seguí caminando en silencio, sin saber hacia dónde me dirigía, hasta llegar a una escalera, por la cual subí procurando que mis pasos no rechinaran. Arriba había otro pasillo y varias puertas. Ya no escuchaba ningún sonido pero tenía la impresión de que me seguían. El silencio era denso y la oscuridad me hacía ver ráfagas de colores vivos, casi fosforecentes, que paseaban por el globo de mis ojos. Los abrí al máximo tratando de distinguir algo, recorriendo la pared con mi mano, hasta que llegué a una puerta. Traté de abrirla pero empezó a crujir, así es que la dejé por la paz.

Seguí avanzando con una lentitud exasperante, tratando de olvidar que si me descubrían eso significaba mi muerte, por no cumplir con las instrucciones que con tanta claridad me diera la Casa. Llegué a una nueva puerta y esa vez empujé con un solo impulso, conteniendo la respiración. Crujió mucho menos. Entré lentamente, procurando no tropezar con ningún mueble. Supuse que el cuarto daba a la calle porque allí el frío era mucho más pronunciado que en el pasillo. A ciegas descubrí unas sillas, una mesita, y una cama pegada a la pared.

Tomé asiento en la cama, tratando de acostumbrarme a la oscuridad. Estiré la mano y sentí una tela gruesa. Poco a poco fui jalándola hasta obtener una prenda de vestir. Llevé la prenda a mi nariz y percibí el olor de doña Elvira. Me hallaba en el cuarto de doña Elvira. Me invadió una curiosidad irracional y ardí en deseos de contemplar la recámara con calma, ver los muebles de doña Elvira, tocar su guardarropa, acariciar sus zapatos.

Pero también recordé que estaba encerrado en la Casa Sin Fronteras. Me aterraba la idea de recorrer de nuevo el trayecto por donde entré, si es que podía localizarlo otra vez. Volver a pasar el salón donde se hallaban los miembros del consejo. No, imposible. Busqué una ventana, tenía que haberla. Me maldecía por haber entrado en la Casa en vez de huir. Logré localizar algo que supuse unas cortinas gruesísimas. Las aparté, mas para mi sorpresa la luz de la noche no se filtró. Consideré que quizás el cielo estuviera nublado o que la ventana tuviese persianas metálicas. Avancé tentaleando. El silencio y el frío lamían mi cuerpo y en esos momentos habría preferido que los del consejo me descubrieran.

Creía que mi respiración resonaba en todo el cuarto, se filtraba por la cerradura de la puerta, se deslizaba por el pasillo, la escalera, hasta llegar al salón donde se encontraban los del consejo, quienes la oían con claridad y se divertían sabiendo que cuando quisieran me capturarían. Reprimí un sollozo y traté de concentrarme para no temblar, para no sudar, porque el frío helado hería mi cara.

Mi respiración sonaba demasiado fuerte, estaba seguro. Traté de atenuarla y la seguí escuchando. Creí volverme loco. Mi respiración se oía a pesar de que me hallaba conteniéndola. Abruptamente, se dejó de oír. Mis pulmones no aguantaban más y fui dejando escapar un soplido y luego aspiré con gran lentitud. Contuve la respiración de nuevo y siguió oyéndose, con menos fuerza.

Desesperado, avancé a través de las cortinas interminables. La respiración se escuchaba cada vez con más claridad, hasta que repentinamente cesó. Me detuve un instante, permanecí quieto y contuve la mía. Transcurrieron varios segundos hasta que oí una exhalación muy, muy tenue. Ya sin titubeos, agitadísimo, me desplacé hasta que mi mano tocó un brazo desnudo, helado. Oí que alguien detenía una exclamación, casi al mismo tiempo que yo reprimía otra. Permanecí tocando el brazo de piel tensa, sin saber qué hacer.

La oscuridad era alucinante, las ráfagas de colores se acentuaban en mis ojos. Mi cuerpo empezó a temblar mientras la piel que tocaba seguía tensa. No me atreví a musitar ninguna palabra, la cabeza me daba vueltas. Mordí mis labios con fuerza para contener un sollozo y deslicé mi mano a través del brazo hasta llegar al hombro cubierto por una tela similar a la que había palpado antes, en la cama.

La otra respiración hacía eco a la mía y se escuchaba muy breve y rápida. Por más que traté no pude impedir seguir deslizando mi mano por ese cuerpo quieto; ansiaba tocar las facciones del rostro. Con lentitud dolorosa recorrí el cuello delgado hasta llegar a la barbilla, el mentón, la boca de líneas finas, la nariz recta y los ojos y las cejas y todo ese rostro ardiente y extático. Volví a recorrer las facciones y supe ya sin dudas que era ella. Quise balbucear algunas palabras que se atropellaban en mi mente pero la voz no lograba salir. El silencio y la oscuridad del cuarto hacían que todo diese vueltas.

Repentinamente me vino la idea absurda de que me hallaba al lado de un cadáver y por eso mi mano se desplazó hasta un corazón que latía a velocidad increíble mientras yo exhalaba un suspiro de alivio. Dejé mi mano en el corazón, la parte superior del seno duro y tenso; las lágrimas empezaron a humedecer mis ojos mientras mordía mi boca con furia tratando de contener el deseo de acariciar los senos de la mujer que se hallaba junto a mí, el ansia de tocar todo el cuerpo, aunque ya supiera que estaba vivo, la desesperación por acariciar la cara de facciones finas, de besar la boca de líneas delgadas, de sumergirme en la mirada dura, inflexible, que miró el objetivo de la cámara sin piedad muchos años antes, o pocos, no sabía, no quería saber, no quería pensar en nada, no deseaba sentir mi cuerpo ardiendo, la excitación, el sudor que se congelaba por el frío de la habitación, el cuerpo que estaba a mi lado sin aventurar un solo movimiento, la boca que no osaba emitir ninguna palabra.

No pude más y casi con un quejido de angustia empecé a acariciar con lentitud masoquista, mientras la otra respiración se agitaba, hacía esfuerzos inauditos por no volverse demasiado audible, mientras yo no sabía ya si me encontraba en silencio o no; en mi cerebro se agolpaba un estrépito que conservaba un contrarritmo a las ráfagas de luces vivas y brillantes que continuaban atormentando a mis ojos cerrados. Nuestros cuerpos estaban inmóviles, a excepción de mi mano que recorría una y otra vez los senos duros antes de bajar hasta el vientre en tensión, los muslos, las caderas, el pubis. Todo era escándalo en mí, las luces aparecían también como pequeñas estrellas mientras era insoportable el temblor, la excitación, el cansancio de hallarnos de pie.

Muy a lo lejos creí oír sollozos; mi mano volvió a ascender para sentir las lágrimas que bañaban por completo su rostro helado. No pude más y todo mi cuerpo buscó a la mujer que estaba junto a mí, sin preocuparme por las cortinas pesadas, por mis jadeos que quizás eran demasiado audibles. Busqué la boca y la besé frenéticamente. Ella permaneció quieta unos instantes pero luego respondió, me besó también con una violencia que nunca habría esperado. Sus lágrimas mojaban mi rostro y el aire helado nos endurecía la piel, mientras nuestros cuerpos trataban de entrelazarse con extrema torpeza a causa de las cortinas. Nuestras manos recorrían, buscaban, lastimaban; nos incrustábamos, desflorábamos nuestros labios con los dientes; gemíamos buscando cómo eliminar la barrera de las ropas.

La puerta se abrió de golpe y ella se separó abruptamente, dejando oír un aullido interminable, muy agudo. Abrí los ojos para perderme en la oscuridad, atemorizado al perder el poco calor que había logrado obtener. No era conciente de los ruidos que llenaban el cuarto, no advertí cuando ella salió corriendo de las cortinas, tropezando, aún con ese chillido inhumano que atravesaba todo mi cuerpo.

Intuí que habían encendido la luz y que forcejeaban con ella, sin hablar. El chillido aún no se desvanecía cuando oí que la arrastraban por el suelo hasta sacarla del cuarto. Apagaron la luz y cerraron la puerta mas se siguió escuchando el aullido y la voz impersonal, joven, que ya había percibido en el salón. Yo quedé allí, enterrando mis dedos en mi rostro para no gritar, no aullar también.

No sé cuánto tiempo pasó hasta que sacudí la cabeza. Todo mi cuerpo se hallaba entumido y en mis manos huecas aún quedaba la sensación de sus senos, su calor. El silencio me fue llenando de terror: nada sucedía, todo estaba estático y oscuro de nuevo. Respiré lo más profundo posible y empecé a dar pasos pesados, de autómata, procurando no tropezar, hasta que llegué al fin de las cortinas, a los muebles con los que choqué, con la cama donde volví a desplomarme. Mis manos buscaron con ansia: la prenda de ropa, un saco, un abrigo, ya no se encontraba por ninguna parte.

Permanecí sentado varios minutos, tratando de poner orden en mi mente y tomar una decisión. Mis jadeos no lograban atenuarse y el frío había secado la humedad de mi cara, helándola. Quise dormir en esa cama, desfallecer en ese lugar, no moverme nunca más, olvidar el paso del tiempo en esa habitación glacial.

Finalmente tuve ánimo para ponerme de pie y buscar la puerta. En el pasillo había una penumbra que agradecí como nunca. Un poco de luz venía de la escalera. Lo menos que deseaba era recorrer los pasillos y buscar la calle, pero no encontré otra alternativa. Me odiaba por haberla dejado ir, por quedar quieto y callado cuando se la llevaron; supe que ella se llevaba todo. Y quizás en esos momentos ya la habían sacrificado, habían vengado la afrenta y se disponían a ir en mi busca para matarme también. Comprendí que sólo en un grado inconcebible de estupidez no advertí que no ignoraban mi presencia. Simplemente se divertían esperando, haciéndome sufrir, tal como le dieron una esperanza mínima a ella para luego irrumpir en el cuarto donde se había escondido hasta hacerla salir corriendo, aullando con el tono más agudo que yo escuchara en mi vida y que seguiría escuchando siempre por cobarde, por no salir con ella y morir con ella, por no tratar de pelear, de defenderla, de defenderme. Mas para entonces ya nada tenía sentido, en mí se debatía la urgencia de huir, de alcanzar la puerta y de hacer lo que debí haber hecho horas antes: irme para siempre de esa ciudad.

Empecé a caminar sigilosamente por la escalera, mientras mi mente de nuevo se obnubilaba y enterraba mi necesidad de huir. No bajé por la escalera: seguí por el pasillo sin saber hacia dónde me dirigía, como autómata, con el cuerpo entumido y helado. Vi luz en la rendija de una puerta y allí me detuve. Sólo percibí unas voces. Quería ver. Casi sin precauciones me incliné para atisbar por la cerradura. Los huesos de mis rodillas tronaron pero no me importó.

La vi. Estuve a punto de gritar. Allí estaba quien estuve tocando, reconocí su cuerpo, sus senos, eran los de la mujer a quien había acariciado. La amarraron a una silla, desnuda, y ya habían colocado la primera daga en la planta de uno de sus pies: una daga minúscula, dorada, hundida en el pie blanquísimo. Un hilillo de sangre fluía con lentitud hasta llegar al suelo.

Estaban esperando que pasara la media hora para enterrarle otra daga: cada media hora le enterrarían esas dagas hasta que se desangrara y cuando estuviese muerta seguirían enterrándolas durante días y días. El pavor trataba de abrirse paso por mi boca para escapar en forma de gemido. Traté de ver más y advertí muchas personas allí dentro. Las caras que vi se hallaban muy serias, como si asistieran a un acto ritual. Allí se encontraban el decano del consejo y el mesero del restorán y los ancianos. Fue cuando empecé a dudar.

Pero ella seguía atada a la silla y la sangre continuaba fluyendo apenas por su pie. Ella, desnuda, permanecía en silencio, los miraba con una rigidez total; su mirada era directa, inflexible, un poco cruel. El decano se acercó y me dio la espalda al inclinarse sobre el cuerpo atado. Cuando se retiró vi que había depositado otra daga en el pie.

Llevé mi mano a la boca porque creí que iba a vomitar y cuando la retiré no pude evitar que de mí saliera un aullido larguísimo, muy agudo, mientras me ponía de pie y corría, bajaba la escalera a tropezones; advertí apenas que la puerta del cuarto se abría de golpe y que varios pasos resonaban en el piso superior.

En el pasillo de abajo se encontraba un anciano cerrándome el paso pero, aún aullando, lo embestí a toda velocidad. Llegué a la puerta y por supuesto se hallaba cerrada. Al entrar en el saloncito los vi bajar, musitando palabras en otro idioma; con una expresión de grave seriedad me perseguían.

Entré en el saloncito y salí por la ventana. El golpe que sufrieron mis pies al caer en la banqueta electrizó mi cuerpo. Seguía lloviznando y el frío, el verdadero frío de la calle me abrazó, atravesó mi ropa, la ropa que antes me había estorbado. Los pies me dolían como nunca cuando eché a correr presintiendo que ellos abrían la puerta y salían para montar en sus automóviles.

Me iban a alcanzar, yo apenas lograba correr. Pero seguí haciéndolo con la boca abierta, los ojos llorosos. Los motores arrancaron a mis espaldas. La calle se encontraba vacía, mis pies corrían con torpeza a causa del golpe y el frío. Cuando sentí que me daban alcance, empecé a correr en sentido contrario.

Logré mucha ventaja en lo que ellos dieron la vuelta, volví a pasar por la Casa Sin Fronteras, lo más rápido que pude, sintiendo que mis pulmones iban a estallar. Buscaba una calle en sentido contrario para ellos. De nuevo se encontraban casi a mis espaldas; sólo se oía el motor del automóvil, no gritaban, me miraban con seriedad, impacientes: no necesitaba volverme para saberlo.

Pasé por la puerta de mi casa sin darme cuenta cuando me rebasaron y se detuvieron bruscamente más adelante. Di media vuelta y corrí, todo mi cuerpo ardía, en mi pierna se insinuaba el dolor. Me iban a capturar. Volví a llegar a la casa de huéspedes y esa vez sí la reconocí, me detuve, abrí la puerta desesperadamente y la cerré con llave, cojeé

113

hasta mi cuarto, entré en él y me desplomé en la cama cuando el calambre me acometió con una fuerza que me hizo gemir. A pesar del dolor, logré desplazarme hasta mi mesa y tomé un cortapapeles muy largo y filoso. Quería ver correr su sangre, como había corrido, como se hallaba corriendo la sangre de ella. No los odiaba tanto porque supiese que me capturarían a como diera lugar, sino porque en todas mis cosas se encontraban esas iniciales que no eran las mías.

Jadeando, con el rostro húmedo que se helaba una vez más, con los pulmones a punto de explotar, el dolor adhiriéndose a mi pierna, pude aún empujar mi mesa de trabajo hasta cubrir la puerta. Veía todo nublado en ese silencio exasperante. Cuánto bien me habría hecho oír que trataban de violar la puerta de la casa de huéspedes; escuchar un insulto, una amenaza, algo.

Volví a desplomarme en la cama, jadeando sin control, mientras mi cuerpo empezaba a encogerse, a entumirse por el frío. Oí una tosecita. Me volví bruscamente y vi que del baño, de mi baño, salían cinco ancianos con expresión pétrea. Me lancé furioso contra ellos mas se hicieron a un lado y fui a dar a la regadera. Entonces vi que me miraban impacientes, desaprobadores. Me sentí pequeñito y estúpido. Tiré el cortapapeles.

En silencio, sin tocarme, casi con respeto me llevaron a la Casa Sin Fronteras. Allí volví a subir las escaleras, volví a entrar en la habitación que había atisbado, volví a estar al lado de ella: tenía otra daga enterrada.

La miré con toda mi intensidad, sin fijarme en ninguno de ellos. Y ella me miró a los ojos, directo, con la mirada inflexible, rígida. No dejó de mirarme cuando me arrancaban la ropa, me colocaban en una silla al lado suyo, me ataban con fuerza y hundían la primera daga en la planta de mi pie izquierdo, en el centro. No me dolió, seguí mirándola.

El mesero habló con su voz neutra, mecánica. Preguntó cómo me llamaba.

—Edmundo Barclay —respondí, mientras ella seguía mirándome.

CUARTO ACTO:
JUEGO DE LOS PUNTOS DE VISTA

AMOR DEL BUENO

Introducción

Leopoldo paga las cervezas porque va a casarse y porque es el único que tiene dinero. Los infelices no quisieron que de perdida me tomara una pepsi con ellos, así es que desde la banqueta me los fiscalizo. Leopoldo me dijo lárgate al carajo pero mangos: aquí me quedo, la calle es libre, ojalá se le calienten las cheves y le sepan a meados. Les habla Luis, el hermano de Leopoldo. Y como que tengo derecho a quedarme aquí porque yo le presenté a Felisa. Palabra. Invité a Leopoldo a una fiesta donde también estaba ella. Ahí empezó el ligue que duró como chorromil años. El Leopoldo se portó muy derechito todo ese tiempo. Visitaba a la familia de Feli, la acompañaba a la iglesia y luego al cine. Qué soba. A veces yo iba con él para despistar a la hora del faje.

Leopoldo también llevó a Felisa a la casa y aunque mi mamá que es una mula dijo es una chamaquita mensa, luego ya le cayó bien. Las dos familias íbamos al nuevo Chapultepec y entre mi mamá y Felisa y doña Rosa, la mamá de Felisa, preparaban los sándwiches y la barbaca y toda esa movida. Mi papá, don Gil y Leopoldo compraban las cervezas y refrescos para nosotros, los chavos.

Leopoldo ya trabajaba en Petróleos desde entonces y empezó a ahorrar: casi no dejaba lana para el chupe. Todo lo metía en unos bonos marcianos que según él le iban a dejar un platal cuando menos lo esperara. Para mí que se la estaba jalando, porque luego vi que nomás le reportaban unos mugres quintos de ganancia de vez en siglos. En fin. Cuando dijeron que se iban a casar el veinticuatro, en nochebuena, mi papá se puso a conseguir lana porque quería hacer el santo pachangón más padre de la historia. Doña Rosa y don Gil también estuvieron de acuerdo en lo de la fiesta y juntaron pesos quién sabe cómo. Bueno, sí sé cómo: don Gil trabaja de chofer de noche en el sitio Lomas de Las Lomas y conoce un chorro de mañas para sacar dinero cuando quiere, con eso de que sus clientes son puros ricachones. Bueno, eso dice él siempre pero es muy hablador. Para mí que no quiere muy seguido o se infla todo lo que gana. Pero esta vez sí juntó. Es un viejo muy cabrón.

Como mi papá trabaja en la Comisión Federal de Electricidad sacó prestado para la fiesta. Entre todos alquilaron el salón Montecarlo, ahí en la avenida Cuauhtémoc, que está bien suave y queda cerca. Todos vivimos aquí en la Buenos Aires. Leopoldo quería alquilar el Maxims o el Riviera pero cuestan mucho más caros, así es que ni modo: al Montecarlo, aunque no dejó de ciscarnos que estuviera tan cerca la Octava Delegación. Bueno, es que como ya dije la fiesta se iba a hacer en nochebuena y los azules andan muy alebrestados, buscando sacar lana para el pollito.

Ah, se me olvidaba: Leopoldo está con sus mejores cuates, Rubén Noriega y Servando Nájera. Como nosotros nos apellidamos Navarro, a ellos les dicen los Tres Enes. Debían decirles los Tres Mamones, la mera verdad. Ya sé de qué platican, así es que ni trato de parar oreja. Qué soba casarse manís cómo eres buey ya te tronaste a la Felisa no te hagas, y cosas de ese estilo. Yo no sé, se me hace que Felisa y Leopoldo se quieren nomás porque les dicen de dos formas: Leo y Poldo a Leopoldo y Feli y Lisa a Felisa.

Amor del bueno, alegoría en un acto.
Personajes:
Leopoldo, el novio.
Felisa, la novia.
Don Nicanor, padre del novio.
Doña Luisa, madre del novio.

Don Gil, padre de la novia.

Doña Rosa, madre de la novia.

Luis, hermano del novio.

Gildardo, hermano de la novia.

Rubén, amigo del novio.

Servando, amigo del novio.

Ana María, amiga de la novia.

Eva María, amiga de la novia.

María del Perpetuo Socorro, amiga de la novia.

Don Arnulfo, tío de la novia.

Oficial del registro civil.

Agente del ministerio público.

Gumersindo, mesero.

Tíos, primos, sobrinos; tías, primas, sobrinas de ambos novios, policías, meseros, etcétera.

Época:

veinticuatro y veinticinco de diciembre, 1967.

Escenarios:

salón de fiestas y banquetes Montecarlo y Octava Delegación. México, D. F.

Lados:

los del actor.

Acto único.

El salón de fiestas y banquetes adornado con serpentinas, globos, confetis y estampas de la virgen María. Iluminación profusa. Mesas a ambos lados de la pista, todas ocupadas. En la de honor, en el extremo opuesto a la entrada principal, se encuentran los novios, los familiares cercanos y los mejores amigos. Unos meseros de dudosa categoría atienden a los invitados y sirven los licores: ron y brandy exclusivamente. Son las trece horas y sigue llegando gente que acude a la mesa de honor para felicitar a los novios y a sus familiares, mirando de reojo el enorme pastel de bodas que se halla en el centro de la mesa. Aún no llegan el conjunto de rock y la orquesta que se contrataron con varios días de anticipación, lo cual es normal porque dice mi papá que todos los músicos son unos incumplidos, nomás van a las pachangas a ver si pueden empedarse. Sobre todo los conjuntos de rock, bola de melenudos que parecen maricones, nomás pierden el tiempo en vez de estudiar algo que sirva. Yo no debo hacer esas fregaderas cuando sea grande porque como que no aguanta: a ver si estudio derechito para no regarla. Todo eso me da una risa porque todos los papás de mis cuates dicen lo mismo, lo he oído cuando le echan la vara a sus hijos. En fin, están vetarros y por eso tienen derecho a estar jorobando la borrega.

Mi mamá fue la de la idea de contratar a un conjunto de rock, porque dice que así se acostumbra ahora en lo social. Tiene cada idea. Por ejemplo, en la escuela me estuvieron friegue y friegue para que me compraran un traje de gala azul marino y ella nunca quiso; pero nomás vio que se acercaba la fiesta de Poldo, me llevó a Macazaga y me cosieron el pinche costal que traigo puesto ahorita. Me da una pena. Raspa, además. Mi mamá me untó como mil kilos de brillantina en la cabeza y como que la siento pesada. Se supone que no me deben dar bebida pero se la pelaron: ya me hice cuate de un mesero medio jotón que anda por ahí y me pasa unas cubas de vez en siglos pensando que con eso me va a ligar. Pobre buey, pero como es el único que me puede pasar el chupe nada me cuesta hacerme el buey que no entiende nada.

Introducción

Sigue Luis con la palabra. Ahora sí ya llegaron los músicos, chin, pero no los de rock, sino la orquesta de la olimpiada de Olimpia que trae sus pantalonzotes anchos y sus sacotes y sus carotas de pendejos. Ahí está, ya se aventaron un bolero ranchero. Sombras nada más. Carajo, no se puede. Es como lo de las olimpiadas, ah cómo muelen en la escuela con eso. Nos contaron toda la historia de las olimpiadas, desde la época de los griegos putos. Dice el profesor de educación física que las olimpiadas de México van a ser tan fregonas que se les van a caer los calzones a los pinches japoneses. Lástima que uno esté chico y no haya chance de entrar en los equipos olímpicos. Pero ahi se va. Lo que joroba es que van a querer que uno ande bien limpiecito cuando sean las olimpiadas y que nos portemos a la altura y no nos peleemos y no digamos chingaderas porque se oye muy ojete y que tratemos a toda madre a la turistiza que va a venir. Que la ciudad se vea muy pacífica y limpia. Deberían empezar por fusilar a estos verracos de la orquesta: aparte de mensos se ven re cochinotes. Pero en fin. ¡En la madre!, a la mejor van a querer rapar a los conjuntos de rock. Eso sí estaría horrible porque la mera verdad cuando sea grande aguantaría tener mi conjunto y melena y arrancarme con la guitarra y con diablo con vestido vestido vestido diablo con vestido azuuuul.

Diciembre, 1967. Leopoldo y Felisa se someten a los exámenes prenupciales. Diálogos convencionales. Canción de Leopoldo: *Adiós, amigos, me voy a casar.*

Doña Rosa insistió en acompañarlos al Seguro Social, clínica número Uno, donde efectuarían los exámenes prenupciales. Todo muy sencillo: una mañana de diciembre, se presentaron los tres, esperaron media hora, Leopoldo compró paletas de limón y acarició la mano de su novia, mientras doña Rosa fingía no verlos y lamía su paleta.

Pasaron a un cuarto donde les frotaron con algodones empapados en alcohol. Los dos se hallaban avergonzados porque creían tener las manos pegajosas por la paleta. Felisa y Leopoldo tomaron asiento el uno frente al otro, mientras doña Rosa se colocó de pie, junto a su hija. Leopoldo sonrió cuando extraían su sangre para que Felisa, se había puesto pálida y temblorosa, viese que no dolía. Al salir, tomaron unos jugos de naranja y tras consultar su bolsillo, Leopoldo las invitó a desayunar en el restorán Cristal, que se encuentra casi enfrente de la clínica. Tres desayunos de seis cincuenta. Después, dio un beso en la mejilla de su novia, se despidió de doña Rosa|

—Se portó muy mono, ¿no, mamá?

—Hmm,

y tomó dos camiones para ir a la Refinería de Azcapotzalco:

sin mucha prisa porque tenía permiso para llegar tarde.

A la salida del trabajo, Leopoldo descubrió que Servando y Rubén lo esperaban a la puerta de la Refinería. Fueron a tomar unas cervezas en una cantina de Tacuba.

Lugar pequeño. Lleno. Muy buena botana. Mesero conocido portador de inmediatos caldos de camarón y cacahuates. Otra ronda de cervezas.

Leopoldo se pone de pie y va al mingitorio, donde orina conteniendo la respiración para que el olor no golpee sus pulmones. Frunce el entrecejo y al salir toma aire profundamente, antes de llegar todosonrisas a la mesa de sus amigos.

El Narrador camina hasta arriba izquierda, donde enfrenta al público en posición abierta. Un reflector lo ilumina, mientras todo el escenario se oscurece a excepción del área de los tres actores.

Narrador: Ésta es la octava ronda, pero aún no se embriagan del todo. Si han fumado cuatro cajetillas en tan poco tiempo, es perdonable: Leopoldo se siente nervioso, por eso se deben de disculpar también los siguientes diálogos convencionales y falsos.

Servando (a Leopoldo): ¿No sientes melancolía al ser conciente de que tu vida va a cambiar?

Leopoldo: Sí y no, Servando. Por un lado soy feliz al pensar que al fin me uniré a la única mujer a la que he amado en toda mi vida. Pero por otra parte, no dejo de asustarme.

El mesero se acerca, deposita tres nuevas cervezas, limpia los ceniceros repletos y deja un platito con cacahuates.

Rubén: ¿Y por qué te asustas?

Leopoldo: Tú sabes, amigo Rubén, todos los matrimonios que vemos día tras día parecen sumergidos en una rutina tediosa y deplorable. Si se aman, Dios lo sabe.

Servando: Cuánta razón tienes. Todos parecen vivir mecánicamente. No hay nada que ilumine sus vidas.

Leopoldo: Tú lo has dicho y lo hiciste bien, Servando. A veces temo que el amor que siento por Felisa a la larga se transforme en una sensación cotidiana de aburrimiento. Y no lo quiero, te lo juro.

Rubén: Pero no siempre vas a estar atado a tu esposa, amigo.

Leopoldo: Eso es verdad. Quiero conservar las diversiones que frecuento.

Servando: Perdona que te contradiga, Leopoldo, pero desde el momento en que te cases ya nada será lo mismo.

Narrador: Vean cómo Leopoldo se hunde en un silencio meditabundo. Bebe su cerveza con rapidez y llama al trío que ameniza el lugar.

Los tres músicos cantan varias melodías que piden Leopoldo y sus amigos, quienes las tararean entre tragos de cerveza.

Narrador: Ahora los asistentes a la cantina se colocan tras la mesa de Leopoldo para que él entone su canción de despedida. El director los ha acomodado de tal forma en que todos se vean y dejen el arriba centro del escenario despejado para Leopoldo.

Voz director (off): No te desafines, por favor. Espero que no hayan sido en balde las cuatro horas de ensayo de hoy.

Actor que encarna a Leopoldo: Confíe en mí, señor.

El Narrador camina hasta el extremo derecho del proscenio seguido por el reflector. El trío empieza a tocar.

Leopoldo (canta): Me voy a casar, amigos,
    adiós les digo desde hoy.
    Me voy a casar, amigos,
    y no sé a dónde voy.

Rubén y Servando: A dónde irás, Leopoldo:
    a la rutina de la cantina
    o a la rutina del matrimonio.

El compositor de la partitura, que también dirige la orquesta, alza la batuta y el rasgueo de las guitarras se enriquece con el sonido de los trece instrumentos.

Leopoldo: Muchos me dicen
   que casarse ahora
   no es como ayer.
   Ya no hay amor,
   me dicen,
   sino sexo y corrupción.

Mas yo veo otras parejas
que se casan
y buscan amor y comprensión
con honestidad.
Si fracasan no es su culpa.
Nadie, ay,
puede predecir su felicidad.

Servando y Rubén: Y tú, Leopoldo,
¿eso buscarás?

Leopoldo: Yo no sé, ojalá.
Quisiera que la boda
muchos cambios
para mí significara.

Servando y Rubén: ¿Y nosotros?,
tus amigos somos.

Leopoldo: A ustedes les digo adiós.
Nos veremos, lo sé,
pero ya no como ayer.
Mas los quiero y los estimo
aunque ahora me despida.
Pues si bien Felisa
nos prepare sus guisos
cuando libemos en casa,
algo habrá cambiado.

Servando y Rubén: Adiós, pues, Leopoldo.

El público de la cantina: Adiós, adiós.

Leopoldo: Me voy a casar, amigos
adiós les digo desde hoy.
Me voy a casar, amigos,
y no sé a dónde voy.

Último acorde de las guitarras. Servando, que dispone de
dinero, paga a los músicos y las bebidas.

Los tres salen del establecimiento y abrazados empiezan
a caminar por la banqueta. Al llegar a la esquina dejan
pasar un camión y siguen caminando.

Leopoldo va con la cabeza gacha, un poco taciturno.

Sus amigos tampoco hablan.

Siguen caminando.

Zoom in hasta el rostro de Leopoldo que sonríe con cierta timidez, luego con más naturalidad y finalmente ríe con fuerza.

Zoom back hasta medium shot. Sus amigos lo miran, divertidos.

Servando:

¿Ya se te subió, mano?

Leopoldo
(riendo):

No seas buey. Es que estoy pensando en las gozadotas que le voy a poner a Felisa cuando nos casemos.

Los dos amigos ríen también.

Rubén:

Feliz tú, compadre, la Felisa está muy buena.

Leopoldo:

Abusado, ¿eh? No te metas con mi gorda.

Tilt up (la cámara en grúa) hasta emplazar el alejamiento de los tres muchachos.

Corte a:

Interior. Salón Montecarlo. Noche.

Acercamiento a Rubén y Servando que beben y cuchichean algo divertido.

Dolly back hasta dominar toda la mesa de honor. Leopoldo bebe en silencio, pero sonriente, cuando Felisa charla con María del Perpetuo Socorro, colocada tras la silla.

En off escuchamos varias voces masculinas.

Voces
(off):

¿Cómo la ves?

Pues está muy buena. El cuate éste le va a poner unas gozadotas.

No seas buey. Tiene siglos que la niña le hace y él es medio puto.

No seas payaso.

Palabra.

Evidentemente, la conversación anterior no ha sido escuchada por Leopoldo, quien mira:

a sus amigos Rubén y Servando platicar en un extremo de la mesa.

Lento travelling hasta medium shot, pero no oímos qué murmura Leopoldo a Felisa antes de ponerse de pie.

La cámara panea siguiendo a Leopoldo hasta donde se encuentran Servando y Rubén.

<blockquote>
Servando
(al ver a Leopoldo):
Vente a echar un trago con los cuates, Poldo; ya ni friegas, nos dejas de a soledad.

Leopoldo:
Es que tengo que estar con la familia, mano.

Rubén:
¿Sabes de qué nos estamos acordando? Del día en que te sacaste los exámenes prenupciales. Ahora sí se te va a hacer.
</blockquote>

Leopoldo sonríe, con cara de asisonlascosas.

<blockquote>
Servando:
Qué te crees. Este Leopoldo trabaja rápido. Seguro ya se estrenó a Felisa desde hace siglos. A la mejor hasta la embarazó.

Rubén:
Pues sí que tuviste tiempo, después de tantos años de noviazgo...
</blockquote>

Y que me lo digan a mí: chorromil veces tuve que andar de alkaséltzer para que mi hermano se cachondeara a su novia. Aunque aquí entre nos, no sé si deveras llegó a tirársela alguna vez. Yo creo que sí, porque Poldo deveras trabaja rápido. Ahora que varias veces alcancé a oír que Felisa le decía estate quieto mi amor. Y él qué le hace al fin que ya nos vamos a casar. No no estate quieto. Ándale no seas payasa. Cabrón Leopoldo, eso fue hace tres años y según él ya se iban a casar.

Introducción

Ya llegaron unos primos de Felisa que son re broncudos, por suerte aquí todo está derecho y no creo que los politecos de la Octava vengan a dar lata. Carajo, luego ni quién los aguante. A Leopoldo lo entambaron una vez en que andaba pedo. Como mi papá no pudo conseguir ni madres de lana, se tuvo que quedar preso como tres días. Dice Poldo que traía un billete de a cien y que tuvo que metérselo como supositorio dondeyasaben para que no se lo bajaran en las galeras de la delegación. Eso fue antes de que conociera a Felisa, claro, cuando era muy aventado. Siempre se iba con Rubén y con Servando al carnaval de Veracruz a madrear putos. Ahora que los primos éstos de Felisa dicen que los vieron allá en Veracruz muchas veces y que no iban a madrear putarracos, sino a cogérselos. Hijos de la chingada, si no fuera porque es la boda de mi hermano estaría bueno partirles el hocico. Hijos, yo agarraría una pinche botella de guacardí y cuas cuas cuas cuas hasta que me dijeran papacito para que se les quite lo habladores, jódanse cabrones. A unos bueyes de la escuela les llegó el chisme y nomás me fregaban con que tenía un hermano mayor mayate. A uno sí le pude pegar. Lo agarré de los pelos y le sorrajé la cabeza contra la banqueta. Hijos, si no me paran lo hago caca. Pero los otros estaban más grandes y me hubieran puesto cual camote de uno cincuenta.

Diciembre, 1967. Las dos familias están de acuerdo en que Felisa y Leopoldo se casen. Reflexiones de Felisa.

Toma la palabra el narrador oculto en el techo.

Es muy difícil precisar a quién corresponden las cabezas que se ven desde aquí y no habrá más remedio que prescindir de los detalles y abarcar hechos generales. El quinteto de músicos ha llegado y después de un intercambio de chistes (se supone) ocupó un buen rato en acomodar los amplificadores (modestos, por cierto) y sus guitarras sin estorbar demasiado a la orquesta de trece ejecutantes que desenvuelve música anticuada pero que los invitados de edad bailan con entusiasmo.

Los meseros se desplazan con rapidez llevando bebidas a las mesas y puede precisarse que la actividad principal se concentra en la de honor. Considerando la hora (quince treinta) mucha gente se retira pero llegan más personas y se acomodan donde pueden. Ya se ha servido una tanda de comida. El conjunto de rock toma el lugar de la orquesta y aunque se demora algunos minutos en afinar sus guitarras, las parejas que se encuentran en la pista no se mueven. Al fin se escucha una pieza muy popular y quienes bailan no reprimen una exclamación de entusiasmo. En las mesas algunas personas llevan el ritmo, muy marcado, con las manos. El humo de los cigarros se eleva y eso dificulta la observación desde este lugar.

En la mesa de honor no hay movimiento de vasos, sino de botellas que cambian de lugar con rapidez insólita antes de ser cambiadas por otras llenas. Ha llegado el que parece oficial del registro civil acompañado por su secretario. Debe de ser amigo de alguno de los organizadores porque se les recibe con efusión y se les sitúa en la mesa de honor. Los libros del registro se colocan junto al pastel de bodas cuya forma es difícilmente transmisible desde aquí. Seguiremos informando.

Ahora sí la cosa se puso buena porque ya dejaron de tocar los músicos balines y se arrancó el conjunto con un rocanrolazo a todo dar. Se llaman los 005. El mesero mariquetas me pasó una cuba para adulto y después de algunos tragos me aventé a bailar con una de las primitas de Feli: es una chamaca media tarolas pero que baila como si tuviera pies. Dice que el baile así se llama esqueit y que es la mera onda. El santo ondón. Para mí que está lorenza pero no le aunque.

La primera vez que vi a esta niña fue cuando mis papás y Leo y yo fuimos muy trajeados y todo a casa de Felisa para el desorden éste de la pedida de mano. Qué jalada. Doña Rosa y don Gil tenían siglos de conocernos, de pelearse con nosotros, a cada rato los pleitos, de preparar la frita juntos en los días de campo y todo eso y el día de la pedida pareció que apenas nos conocieran. Carajo. También andaban de mucho traje y nomás faltaba que nos hablaran de usted.

La verdad es que mi papá también estaba igual de san-grón y tartamudeaba un chorro para buscar frases elegantes y la chingada. Qué risa me dio. La cosa es que mi papis, que normalmente habla poco, tardó siglos en pedir la mano de Felisa y don Gil tardó todavía *más* para decir que sí. Caray, tanto relajo para una cosa que ya todos sabían. En fin. La niña ésta con que bailé hace rato, la del escuer o como se llame, andaba de visita con los ojos pelones y hasta suspiraba la mamerta, como si ella fuera la novia.

Niña junto a Felisasonriente.

Su cara: ojiabierta; labios temblando, mirada atenta. Luis se acerca por la espalda y silenciosamente se coloca tras de ella, conteniendo la respira-ción. Niña inquieta. Por últi-mo se vuelve, lo ve por pri-mera vez y emite una excla-mación de susto.

DOÑA ROSA: ¡Niños, a ver si se están quietos!

CLOSE UP DE LA NIÑA ASUSTADA ANTES DE ALE-JARSE HASTA FULL DE LAS DOS FAMILIAS, CON LOS NO-VIOS ENCUADRADOS EN EL CENTRO.

MÚSICA MUY SUAVE Y CON-VENCIONAL QUE VIENE DEL TOCADISCOS (EL ÓRGANO DE MORQUECHO QUIZÁ). EFEC-TOS DE AMBIENTE.

LOS FAMILIARES BEBEN CERVEZAS DE LATA Y MUES-TRAN ROSTROS SERIOS Y SO-LEMNES.

DOÑA ROSA (UN POCO TITU-BEANTE): Pues sí, tenía que llegar el momento en que se casaran estos muchachos.

ZOOM IN AL ROSTRO DE
FELISA QUE SONRÍE TÍMI-
DAMENTE.

VOZ DOÑA ROSA (OFF): La
mera verdad es que yo ya me
estaba preocupando por este
noviazgo tan largo.
VOZ DOÑA LUISA (OFF): ¡Hm!
VOZ DON GIL (OFF, PICARES-
CO): Es que Poldito no se
aventaba. No es tan fácil meterse en el matadero.

FELISA, AÚN EN CLOSE UP,
SONRÍE RUBORIZADA, FIN-
GIENDO MOLESTIA.

OTRA CÁMARA TOMA EL
FULL.

FELISA: Ay papá.

DON NICANOR: Es que el matrimonio es una cosa seria,
muy muy seria.

TODOS LO VEN.
FELISA SE PONE DE PIE:
LA SIGUE LA CÁMARA DOS
HASTA QUE VIENE LA DI-
SOLVENCIA Y LA UNO LA RE-
CUPERA EN EL PASILLO Y LA
ACOMPAÑA. LA DEJA EN
FULL MIENTRAS ABRE LA
PUERTA! DEL BAÑO. OVER-
LAPPING. LA RECIBE DEN-
TRO LA CÁMARA TRES.
FELISA ALZA SU FALDA,
BAJA LOS CALZONES, QUÉ
BUENOTA ESTÁ, Y SE SIEN-
TA EN EL EXCUSADO PARA
ORINAR.

RUIDO DEL CHORRO DE LA

ORINA. EN OFF, LEJANA, LA
MÚSICA DE MORQUECHO.

MIENTRAS ORINA, FELISA
REFLEXIONA. FADE OUT.

Fade in.

Acercamiento al rostro de Felisa, pensativo.

Voz Felisa
(off):

Ana María me ha estado moliendo mucho.
A veces ya no sé qué hacer, con eso de que
fue novia de Leopoldo hace mucho tiempo
no hay quien la aguante.

Se corta la grabación de la voz y ahora sí habla Felisa:

Felisa:

Ha de estar envidiosa, porque insiste e insiste en que no me case. Dice que Leo es
muy malo, que una vez, no: muchas, le pegó
por celos sin motivo. De cualquier manera|

Se interrumpe y se vuelve a oír la voz en off:

Felisa
(off):

yo no me dejo, qué. Si me pega cuando este-
mos casados le regreso el golpe, para que vea
que no voy a ser una dejada.

Felisa vuelve a tomar la palabra.

Felisa:

O me entrega *todo* lo que gane o se lo lleva
pifas, nada de andar encuetándose con la
quincena y yo a hacer milagros con diez
pesos.

Se vuelve a escuchar su voz en off, mientras la cámara sigue los movimientos de su mano al tentalear en busca del
rollo de papel higiénico, desenrollarlo, cortarlo, llevarlo
al lugar debido, limpiarse y tirarlo.

Felisa
(off):

Hay que tener un niño luego luego para que
no me vaya a dejar: los hombres son muy

131

malos, prometen muchas cosas y luego puros golpes..., ¿dónde he oído algo parecido?
Ahora escuchamos la voz en off haciendo eco a la de Felisa.

Felisa
(en off y en vivo):
Y ni crea que me va a llevar a sus amigos
borrachotes o a su hermanito ése que no
aguanto, Luis. A mí no me va a agarrar de
su barco.

Felisa se levanta, acomoda su ropa con extremo cuidado, y
se dirige a la puerta.

Corte a:

Interior. Salón Montecarlo. Noche.
Felisa sale del baño y ve:
el salón repleto.
Se acerca un desconocido y le pide que bailen.
Los muchachos del conjunto de rock se ven fatigadísimos
pero no pueden dejar de tocar porque la gente los amenaza.
La novia regresa a la mesa de honor, toma asiento y busca con la mirada a su novio, quien discute acaloradamente
con un par de amigos que se encuentran en un extremo de
la mesa. La novia frunce el entrecejo. Seguiremos informando.

Introducción

Le dije a Leopoldo que me dejara dar un traguito a su copa
y el infeliz no quiso. Así es que sin que se diera cuenta me
senté al lado para oír todo lo que le dice a Rubén y a
Servando. Ya todos están bastante pedos.
Mira, compadre, aunque ahorita trates de adornarte con
que vas a controlar a Felisa, te la pelas.
Por qué.
Porque es una vieja muy brava. Te va a traer cortito.
A mí ninguna pinche vieja me trae cortito.
Ésta sí, vas a ver.
Vas a ver mangos. Cuando se me alebreste, me la sueno.
Voy, si no te conociéramos.

Cuánto te juegas a que Felisa se la pela conmigo.

Cuánto.

Lo que tú quieras.

No, dí tú.

Te capamos si no puedes.

Ése fue Servando. Qué cabrón.

Ya vas.

Híjole, ñis. Yastás pedo.

Te saco con el dedo|

porque con el codo te lo saco todo.

Ah qué Servando: siempre quiere fregar. Ajajá, la cosa se pone buena: ahí está Felisa atrás de Leopoldo.

Pero él es buen observador: alcanza a verla y sonríe, le acaricia la cara.

—Ay, mira cómo se quieren.

—Pues sí —responde doña Rosa—, después de tantos años de noviazgo el amor se vuelve más seguro, ¿no? —agrega con inseguridad y se vuelve hacia su marido, que mira todo con un brillo festivo.

—Después de tantos años como que ya les anda...

—Ay cómo eres Gilcito.

En el otro extremo de la mesa unos tíos del novio aseguran que Gildardo, el hermano de Felisa, no vio con buenos ojos el noviazgo.

—Es que uno quiere que su hermana no vaya a caer con un cabrón cualquiera, ¡como yo! —exclamó Gildardo en una ocasión, riendo a carcajadas—. Pero luego este Leopoldo ya me cayó más o menos: lo invité a irnos de putas una noche y jaló bien. Y en la madrugada me dijo oye compadre no le vayas a decir a tu hermana que vinimos aquí, no me vaya a perder el respeto. Por eso digo, es de buena ley; así se hacen las cosas, derechas.

Gildardo baila animadamente con una mujer que nadie conoce. Doña Rosa supone que la sacó de algún antro y frunce el entrecejo. Le habría gustado que Gildardo invitara a una muchacha decente, no que cuando anda con pirujas le sale lo bronco y le da por juntarse con sus primos que son im-po-si-bles.

Doña Rosa dice imposibles con un énfasis no desprovisto de cierto orgullo y don Gil murmura algo que ella prefiere no escuchar.

En vez de eso observa a don Nicanor, el padre de Leopoldo, que bebe en silencio: si acaso una sombra de sonrisa de vez en cuando; al contrario de su esposa, es muy parco en sus expresiones. Sin embargo, él tuvo la idea de organizar una fiesta al máximo de sus posibilidades y se le ocurrió que se efectuara en nochebuena. Doña Luisa estuvo de acuerdo porque así los muchachos tendrían toda su vida el recuerdo de esa noche de paz y amor al prójimo; sobre de ellos estaría siempre el calor del Niño Dios que nació ese día.

Don Nicanor se pone de pie y va hasta el bar, donde extrae otra botella de un presunto whisky para consumo exclusivo de los invitados de honor. Revisa con la mirada la cantidad de licor apilado en un rincón y sonríe. Regresa a la mesa y después de un titubeo va hasta el lugar de don Gil, cruza unas palabras con él y le llena el vaso con la botella recién abierta. Luego regresa a su lugar, se sirve y bebe, satisfecho.

Diciembre, 1967. Se sirve la segunda tanda de comida para los invitados. Primer incidente.

La orquesta de trece ejecutantes toca de nuevo y la pista se llena de parejas de edad. Los niños, trajeaditos y envaselinados, presienten que pronto será hora de irse y corren por todas partes para hacer de las suyas. De vez en cuando un mayor los reprende pero ellos vuelven a robar cigarros de las mesas, a dar chupadas breves, temerosas, antes de utilizar la lumbre para tronar los globos colgados y huir rápidamente, con sonrisas malignas.

En la mesa de honor vemos que Leopoldo ha regresado a su lugar y que sus amigos Servando y Rubén lo miran regocijadamente cada vez que alzan sus copas para brindar. Leopoldo responde al brindis con una sonrisa de reto y estrecha a Felisa, quien se alarma un poco por lo fuerte del abrazo.

Ana María echa su cuerpo hacia adelante para que todas la vean y exclama:

Ana María: Que brinde don Arnulfo.

Eva María: Sí sí, habla muy bonito.

María del Perpetuo Socorro: Ándele, don Arnulfito.

Voces: Brinde usted.

        Quién mejor.

Don Arnulfo (modesto): Válgame Dios, de ninguna manera, eso le corresponde a los padres.

Don Gil: Por mí brinda tú, Nulfo. Tú sabes que yo no le hago a eso de la habladera.

Don Arnulfo mira a don Nicanor.

Don Nicanor (gruñe): Brinde usted, Arnulfo. Yo tampoco sé hablar.

Doña Luisa: Además usted es tío de la novia.

Felisa: ¡Y mi padrino!

Después de exclamar lo anterior, se ruboriza y Leopoldo la abraza, condescendiente.

Leopoldo: Brinde por favor, padrino. Yo se lo pido.

Don Arnulfo: Bueno, ya que insisten... (Estira las solapas de su saco y toma un sorbo breve de licor.) Aunque en verdad no debería...

Felisa: Por *favor*, padrino.

Don Arnulfo asiente con parsimonia, se levanta y lleva una mano ahuecada hasta la altura de su garganta.

Don Arnulfo: Dice el poeta: el matrimonio es el principio de la bendición de Dios.

Calla y espera. Le aplauden.

Don Arnulfo: En esta vida difícil y pesumbrosa un rayo de esperanza llega al hijo del hombre cuando conoce a aquélla que lo hará volverse más hombre y que lo acercará más a Nuestro Creador. Y cuando ambos apuestos y gallardos jóvenes deciden unir sus vidas el día en que el Salvador vino al mundo, uno no puede más que emocionarse porque en este mundo ateo y masónico, senda de zarzas y filudas espinas, aún hay jóvenes de noble corazón y sólido amor que nos muestran a nosotros, los mayores, que la juventud no está tan desprovista de la luz de la hermosa verdad como habíamos pensado de antemano. ¡Dios los bendiga, ahijados amados, porque este instante de inmensa felicidad no se repetirá en vuestras vidas y siempre conservaréis el recuerdo de una velada amable, pacífica y placentera donde los que os queremos nos hemos reunido para desearos muchos, muchos años de felicidad! ¡Y como dijera el vate de florida labia y preciso verso: nosotros desde aquí los vemos, sed felices hijos míos, y desde ahora creemos, pues que tendréis muchos críos!

Todos aplauden con entusiasmo mientras don Arnulfo agradece y bebe precipitadamente, con mano temblorosa.

María del Perpetuo Socorro: ¡Ahora que hable don Gil!

Antes de que nadie secunde la idea, don Gil se levanta y alza su vaso.

Don Gil: Brindo porque deveras les vaya a todo dar. Tú, Leopoldo, trátame bien a mhijita. No me la descuides y llévale de comer todos los días. (Risas.) Ya sabes que si no, Feli no está sola: aquí tiene a su padre y a su hermano Gildardo. ¡Salú, pues!

En el otro extremo de la mesa se levanta don Nicanor.

Don Nicanor: Qué pasó, pues. Eso no parece brindis sino ganas de buscar pleito.

Las mujeres deslizan risitas nerviosas.

Don Gil: Oiga no, si nomás son sanos consejos para los recién casados.

Sin levantarse, Leopoldo dice:

Leopoldo: Está bien, don Gil, ahi que muera. Pero no crea que me apantalla lo de que no está sola.

Gildardo se aproxima, tambaleándose.

Gildardo: Cómo que no te apantalla, qué estamos pintados o qué.

Leopoldo: No, Gildardo, pero a poco yo también estoy pintado...

Gildardo: Pues eso sí quién sabe.

Doña Luisa: ¿Por qué no se toman otra copita y dejan de discutir tonterías?

Leopoldo: ¿Cómo que tonterías? ¿No ves que me están diciendo que aquí nomás estoy pintado?

Se pone de pie y casi al instante don Nicanor hace lo mismo.

Eva María corre a la orquesta y pide que sigan tocando.

Felisa (a Leopoldo): Siéntate, Leo.

Leopoldo: Tú cállate.

Don Gil (poniéndose de pie también): ¡No le hables así a mi hija!

Leopoldo: No mesté calentando, suegro.

Gildardo: ¡No te metas con mi papá!

Servando y Rubén también se incorporan al ver que los torvos primos de Felisa llegan a la mesa.

Luis: ¡Rómpeles el hocico, manito!

Doña Luisa: ¡Tú cállate, escuincle!

Leopoldo: Bueno qué, ¿me están moliendo con que cómo la voy a tratar? ¡Váyanse desde ahora a la chingada y vean desde ahorita cómo la voy a tratar!

Al instante jala a Felisa de los pelos y empieza a golpearla en los hombros sin muchas ganas. Ella grita.

Leopoldo: ¡No chille, pendeja! ¡Y váyase acostumbrando a que yo soy el que manda!

Eva María y María del Perpetuo Socorro acuden a separarlos. Todos gritan y discuten. La cámara se eleva en la grúa para preparar el top shot. Los primos y Gildardo tratan de intervenir pero Servando y Rubén los interceptan y discuten, ad líbitum. Don Nicanor y don Gil se gritan, detenidos por sus esposas. La gente de la pista y de las mesas queda a la espectativa, lista para intervenir.

Felisa se desploma en la silla chillando agudamente mientras Leopoldo, en guardia, mira a todos con aire feroz.

Intercortes a:

los padres de los novios detenidos por sus esposas,

los primos de la novia discutiendo con los amigos del novio, gente insultándose acaloradamente.

Rápido zoom in a la entrada principal donde aparecen los policías,

cuya presencia paraliza en el acto a todos los presentes; se hace un silencio pesado mientras los policías ladran palabras sueltas y dan uno que otro macanazo.

El sargento que dirige a los policías llega hasta la mesa de honor y desde este punto de vista se alcanza a ver que discute con los presentes. Vuelve de nuevo la agitación y en la mesa de honor todos vociferan y agitan los brazos. La novia sigue llorando. El sargento grita algo y vuelve a callarlos; a una orden suya, todos los de la mesa de honor se dirigen hacia la entrada principal, custodiados por los policías. Seguiremos informando.

Cuando los miembros de la mesa de honor desfilan por el centro de la pista aparece por atrás del foro una plataforma donde vemos a los tres cantantes que conocimos en la cantina.

La luz se desvanece y sólo queda iluminado el trío que se halla en el centro.

Canción del primer incidente.

El trío (cantando): Leopoldo y Felisa
empezaron risa y risa
les hicieron la gran fiesta
en la mera nochebuena
muy buena buena la noche
pues poco antes de que asome
y aún con la luz del día
ya llegó la policía
la cosa apenas empieza
todo sigue en una pieza
los puntos de vista siguen
y ellos solos se persiguen
si es tragedia no sabemos
todo desde aquí lo vemos
una cosa sí es certera
no es buena la borrachera.

TERMINA LA CANCIÓN DEL
PRIMER INCIDENTE. ENTRA
LA PROYECCIÓN DEL LETRE-
RO DESENFOCÁNDOSE PARA
SIMULAR LA DISOLVENCIA.

Introducción

Qué bueno que Leopoldo no se dejó: a poco creía el pinche
don Gil que lo iba a barquear, ni que Leo estuviera manco.
Lo horrible es que llegaron los emisarios del diablo y ahí
vamos todos a la delegación. Caray, si me estaba latiendo
desde antes. Lo chistoso es que mi papá, cuando iba saliendo del Montecarlo, le dijo a la gente no se vayan ahorita
regresamos y sigue la pachanga. También le dijo a la orquesta sigan tocando y enséñenles lo que es bueno a esos
rocanroleros melenudos maricones. Me cae que hasta iba de
buen humor, porque casi nunca habla mucho que digamos.
El Servando, cuando vio llegar a los azules, me preguntó
que quién los había llamado para ir a partirle toda su puta
madre. La verdad es que no sé, pero me late que fue el
dueño del Montecarlo que desde el principio andaba con
su cara de fuchi y dizque muy preocupado porque empezamos la fiesta al mediodía y mi hermano y Felisa se iban
a casar hasta la medianoche; para entonces, según él, todo
mundo se empomaría y armaría relajos. Le atinó, pero a él
qué le importa, para eso se le paga, ¿no? Digo, lo malo
es que ni se armaron los trancazos: yo ya le tenía echado el
ojo a un primito de Felisa que me cae de la patada porque
es un chillón y no quiso entrarle al chupe cuando lo invité
a echarse una cuba de las que me pasa el mesero putarraco.
   La cosa es que ni siquiera nos montaron en las julias,
sino que nos llevaron a pie a la delegación. Qué infelices.
Como la gente grande iba discute y discute todos los mirones
de la calle nos miraban como si fuéramos comunistas. La
payasa de Felisa no paraba de chillar, y digo payasa porque
bien vi que Leopoldo no le atizó con ganas, sino que nomás
le dio un quemoncito para que su familia viera que las
puede.
   Las tres Marías, las cuatitas del alma y guardespaldas y
viejas payasas de Felisa, no dejaban de hablar como tarabi-

llas y hasta el sargento bigotón y cochambroso que dirigía a los azules ya estaba hasta el gorro. Llegamos en tres patadas a la delegación y ahí estaba el juez con cara de cáiganse con la mordida. Como todo mundo hablaba y gritaba yo creo que el juez no oyó nada: nomás empezó a decir esto es muy grave esto es muy grave, y el vate don Arnulfo le decía tenga consideración señor agente del ministerio público vea que apenas van a casarse no volverá a suceder le doy mi palabra de miembro del partido oficial y de amigo de un funcionario de la secretaría de Gobernación. Me dio una risa porque el vate Arnulfo siempre se la pasa hablando de su amigo el influyente de Gobernación. Una vez lo conocimos y resultó un viejito borrachín y achichincle del secretario del secretario del que le lame los güevos al ojete preferido para traer las tortas del ayudante adjunto al gato mayor de un mediocuate del ministro de Gobernación.

El caso es que se tuvo que hacer una coperacha para las frías navideñas del juez y todo porque fue un favor muy especial al compañero del registro civil, licenciado Truman Camote, que estaba con nosotros para casar a mi hermano. En fin. Cuando se trató de juntar el dinero se acabó el pleito y al rato ya don Gil y doña Rosa y mi papá y mi mamá y Gildardo y Servando y Rubén y los primos madreadores y las tres Marías y el licenciado Camote y el vate Arnulfo y todo mundo era gran cuate otra vez.

Leopoldo le pidió perdón a Felisa sin muchas ganas y ella lo perdonó con las mismas ganas. Todo esto como que me encorajinó porque tenía ganas de madrear al primito de Felisa y porque todos parecían escuincles: primero mucho pleito y golpes y ya vas y luego ya estaban hablando de regresar luego luego al Montecarlo a seguir la onda. Hasta invitaron al juez, después de darle su corta, pero no quiso, dijo que cómo.

La fiesta se ve bastante decaída pero vuelve a animarse cuando regresan las familias de la delegación. La verdad es que tardaron relativamente poco y sin ninguna demora toman sus lugares en la mesa de honor. Los meseros atienden al instante a todos y las botellas vuelven a circular. El conjunto de rock reemplaza a la orquesta de trece ejecutantes para regocijo absoluto de los jóvenes, quienes infestan la pista y bailan al compás del ritmo frenético del conjunto. Todo parece hallarse en calma desde este punto de vista. Seguiremos informando.

Diciembre, 1967. Reconciliación aparente de Leopoldo y Felisa. Segundo incidente. Discurso en la delegación.

A María del Perpetuo Socorro, Ana María y Eva María se les ocurre que los novios bailen un vals y toda la concurrencia secunda la idea. Como los miembros de la orquesta se hallan comiendo, no hay más remedio que tolerar la versión ad hoc de *Sobre las olas* ejecutada por el conjunto de rock.

Un poco molesto, Leopoldo se pone de pie y conduce a Felisa hasta el centro de la pista. Él se equivoca continuamente. En off, oímos varias risitas sardónicas y Leopoldo gruñe algo inaudible. Ella le estrecha la mano con fuerza pero con una sonrisa neutra.

Con la Arriflex en la mano seguimos a la pareja cuando baila, con intercortes de protección a la concurrencia que los mira devotamente.

Leopoldo:
Chin, no sé por qué se les ocurrió a tus cuatitas que hiciéramos esta payasada. No doy **una.**

Felisa
(neutra):
Es que es lo que se acostumbra en lo social.

Corte a:
Interior. Salón Montecarlo. Crepúsculo.

La pareja sigue bailando y la cámara los sigue dando vueltas muy lentas a su alrededor. Con el zoom se les emplaza de medium a big close up.

Leopoldo:
Carajo, estos mugres rocanroleros ya llevan siglos con el bailecito.

Felisa:

No digas groserías.

Leopoldo:

Uh, ahora hasta estoy molestando tus castos oídos.

Felisa:

Es que no hay por qué decir groserías. Es vulgar.

Leopoldo:

Újule, te me estás poniendo muy apretada. De todo te enojas.

Felisa:

¿Se te hace poco que me pegues enfrente de toda mi familia y de los invitados?

Leopoldo:

Ohhh..., si ya te pedí perdón.

Felisa:

Pues sí, pero no lo vuelvas a hacer, Poldo.

Leopoldo:

Ya te dije que no.

Felisa:

Por eso. Nomás no lo vuelvas a hacer.

Leopoldo:

Ah cómo chingas...

Felisa:

Bueno, yo nomás te digo. Y no digas groserías.

Leopoldo
(sin darse cuenta):

*Puuu*ta madre...

Ella lo mira, molesta, y Leopoldo prefiere sonreír para no seguir acalorándose, pero en ese momento es hecho a un lado abruptamente pòr don Gil.

Don Gil:

Muévete, muchacho. Estos trotes no son para ti.

Baila con su hija, que automáticamente sonríe feliz de la vida y de vivir en México.

Dolly back hasta long shot de la pareja bailando mientras todos aplauden.

Acercamiento a Leopoldo que los ve con el entrecejo fruncido.

Servando y Rubén ríen descaradamente al ver a su amigo.

Termina el vals al fin y don Gil deposita a su hija en el lugar de honor entre la ovación general.

Leopoldo camina con lentitud hasta la mesa, finge no ver cuando Felisa le hace un lugar y toma asiento entre Servando y Rubén, quienes aguantan la risa.

Felisa se levanta, dice algo a sus amigas y las cuatro se dirigen al salón de damas. Desde aquí no se les puede ver ya. Seguiremos informando.

Las cuatro muchachas entran en el baño de damas sin musitar una sola palabra. Felisa obtiene un peine de su bolsa y lo pasa mecánicamente por su cabellera.

ANA MARÍA (DUBITATIVA): ¿Estás enojada?

FELISA (SECA): Tú qué crees.

MARÍA DEL PERPETUO SOCORRO: Ay qué malo es Poldo, mira que pegarte enfrente de todos. . .

FELISA (ÍD): Sí, ya me lo dijiste.

LAS TRES MARÍAS SE MIRAN ENTRE SÍ. LA CÁMARA UNO ENCUADRA EN MEDIUM A ANA MARÍA Y A EVA MARÍA, QUE ESTÁN SENTADAS JUNTAS; LA DOS ENFOCA A MARÍA DEL PERPETUO SOCORRO QUE HA IDO AL EXCUSADO, Y LA TRES QUEDA EN CLOSE CON FELISA: SIGUE PEINÁNDOSE.

MARÍA DEL PERPETUO SO-
CORRO (DESDE EL EXCUSA-
DO): ¿Le dijiste a Poldito
que ya no lo volviera a hacer?
FELISA: Claro que sí. Ni se
crea que a mí me va a agarrar de su puerquito.
EVA MARÍA: Claro, mana.
ANA MARÍA: ¿Ya se te bajó
el corajote?
FELISA: No. Me choca que
todos me vean con una lástima que me choca. Pero van
a ver...

FADE OUT LENTO.

Leopoldo ve salir a las cuatro muchachas del baño, apu-
ra una nueva copa y toma asiento en su lugar, justo cuando
Felisa lo hace también. Trata de tomarle la mano, pero ella
finge buscar su copa de sidra y deja la mano de su novio
sobre la mesa. Está bien, se dice Leopoldo de buen talante,
pobrecita: la verdad es que fue una chuecada darle sus madrazos en nuestra mera boda.

Leopoldo mira al conjunto, que deja lugar a la orquesta, y reprime un mohín de molestia. Deveras tocan mal los
ancianos, no sabe por qué los contrataron: la cosa hubiera
sido traer un buen grupo de música tropical y entonces
sí..., habría habido ambiente, no tanto bolero ranchero y
foxtrots y hasta chárlestons que tocan estos viejitos de la
olimpiada de Olimpia. Digo, mi mamá fue la que insistió
en que llamáramos a los viejitos, la Orquesta Continental
de Pijotero Pijotérez se llama, y el tarugo de mi hermano
Leopoldo no dijo nada: ya desde ahorita le veo la cara de
que la cosa hubiera sido contratar a la Sonora Sonora, que
aunque es de Sonora, al menos el jefe, parece que fuera de
Cuba porque cómo le tupen: se echa las canciones de Mike
Laure mejor que el baboso Mike Laure que yo creo que es
tan buey porque tiene un nombre tan buey. Ve nomás, quién

144

puede tocar suave llamándose Mike Laure. Eso es lo que yo decía, pero no: le sueltan la chuchiza a la Orquesta Continental de Pijotero Pijotérez nomás para que mis papás y los papás de Felisa y toda la bola de rucos que vinieron a nuestro santo pachangón puedan bailar imaginando que están en la época de las Cruzadas, cuando eran jóvenes y le hacían al bailongo. Carajo, hasta da tristeza ver a la bola de viejitos borrachos echándose sus tangos y sus chárlestons y sus cancans con las patas tiesas y los pantalones anchotes y la cara de babosos envidiosos cuando le toca al conjuntazo, tachún tachún, los 005 nada menos, los amos del rock que se arrancan con ees Lupe Lupita miamoor; ésa sí es onda.

Introducción

La cosa es que ya está tocando la Orquesta Continental de Pijotero Pijotérez y ya se me está acabando la cuba que me trajo el mesero mariquetas que dice que se llama Gumersindo pero que le diga Gumis como todos sus cuatitos del alma. Charros buey, yo no soy tu cuatito del alma, putito de la chingada. Pero mientras me sigas trayendo las cubas, Putis, te digo hasta papacito. Hace rato salí a comprar una cajetilla de cigarros y casi se me baja el cuete cuando veo que hay varios policías afuera del Montecarlo. Carajo, ya ni amuelan: uno de ellos me dijo a qué horas empieza el próximo pleito chavo. Yo hice como que tenía comezón en la nariz para hacerle un violín y luego patacuás patacuás me fui por los cigarros.

Cuando regresé ya estaban sirviendo más comida y fue cuando Gumis me dio otra copa para adulto: tres hielos, dos gotas de pepsi y el resto de guacardí. Creo que mi mamá ya se está dando cuenta de que ando en la onda porque me llamó y me dijo qué estás bebiendo nene. Me choca que me diga nene y más enfrente de tanta familia, así es que le dije una cubota. Ella hizo cara de qué horror y le empezó a decir a mi papá que yo estaba bebiendo, pero él dijo déjalo que se empede para que aprenda, y yo aproveché para pelarme en menos que se dice cuas.

145

Busco al primito de Felisa para obligarlo a echarse un pegue aunque sea a punta de fregadazos cuando mi mamá me llama de nuevo. Chin, otra regañada. Voy allá haciéndome el tarugo, como que no sé de qué se trata la cosa, pero no le da tiempo de regañarme porque las tres Marías estaban friegue y friegue a Leopoldo con que no le dé sus fregadazos a Felisitachula hasta que él no aguanta y grita no estén moliendo cotorras o le vuelvo a dar. Los músicos moleros parece que alcanzan a oír porque tocan más fuerte. El bravero de Gildardo deja a su gorda que está re fea y se vuelve a acercar. Pero esta vez Felisa se pone colorada colorada del corajote y le dice oye no chiquito a mí no me vas a agarrar de encargo. No me calientes, Feli, porque te doy, dice mi hermano, y dice don Gil qué pasó Leopoldo no empieces, y dice Gildardo deveras tiene ganas de que le rompan el hocico, y dice Servando tú y cuántos más, y dice Leopoldo no me defiendas compadre a éste yo solito me lo bailo, y dice Gildardo nhombre, y dice don Gil conste questa vez nosotros no empezamos, y dice eso porque mi papá se para y dice más vale que se estén sosiegos todos porque no quiero armarla, y dice mi mamá por Dios Nicanor otra vez ya no, y dice Leopoldo ellos son los que empiezan mamá, y dice Felisa no tú empezaste esta vez pero yo chiquito no me voy a dejar, y dice Leopoldo no te me pongas rejega porque te lo quito a cabronazos, y dice Felisa esta vez no vas a poder Leopoldo, y dice mi hermano cómo no, y dice Gildardo oye deja de moler a mi hermana, y le dice Leopoldo de refilón tú no te metas éste es asunto entre ella y yo, y dice don Gil qué más quisieras, y yo digo rómpeles la madre Poldo, y mi mamá me da un coscorrón y me dice tú cállate, y antes de que alguien diga algo más Felisa grita ya está bueno de hacerme quedar en ridículo no soy su mensa, y Leopoldo dice no grites, y ella dice yo grito lo que quiera y Leopoldo dice ahorita te voy a callar y alza la mano para darle cuando todos se paran y se hacen bolas tratando de pararlo pero quién sabe cómo y rapidísimo Felisa agarra el cuchillo de partir el pastel y dice a mí nadie me va a agarrar de su pendeja yo solita me sé defender y cuas le tira una cuchillada a Leopoldito pero uf él logra hacerse a un lado aunque Felisa le alcanza a encajar la punta en un brazo. En la madre, todos nos quedamos pálidos pálidos y callados y el primero en reaccionar es Leopoldo que le tira un manazo a Felisa pero ella se hace a un lado, y antes de que pueda tirarle otra cuchillada las tres Marías le quitan el cuchillo y mi mamá se lanza echa una fiera sobre Felisa gritando asesina asesina, y la agarra de los pelos y ahi va doña Rosa echa la madre y le agarra los pelos a mi máma y ahora se arma el pleito entre las viejas, todas gritan como condenadas y se jalan y se rasguñan y todo eso y nosotros no sabemos qué hacer, y veo que Gildardo va a descontar a mi hermano y le grito aguas Leopoldo, y antes de que pase otra cosa llegan los pinches policías culeros hijos de su puta y cogida y rechingada madre.

Todos callan al ver que la policía entra en tropel hasta la mesa de honor. El sargento grita con todas sus fuerzas. En esta ocasión nadie se calla y los policías se ven precisados a imponer el orden a empellones y garrotazos.

Cuando logran separarlos, el padre de la novia y el que desde este punto de vista parece el padre del novio discuten acaloradamente. El sargento alza los brazos exasperado y todo parece indicar que los conmina a salir. Al atravesar la pista por segunda vez, el padre del novio hace algunas indicaciones a la orquesta y a los meseros. Se reanuda la música, obviamente desafinada. Seguiremos informando.

Leopoldo lleva su mano al brazo herido y aunque sabe que es sólo un rasguño contrae el rostro en un rictus-de-dolor. Ve de reojo que Felisa lo mira no sólo sin compadecerse sino con expresión de disgusto. Se siente enfurecer: ahora sí lo ridiculizó esa vieja, pero está loca si cree que las cosas van a quedarse así.

Leopoldo ve que el sargento se mantiene silencioso cuando don Gil y su padre tratan de comparecer como los menos culpables. Los policías apenas los ven de reojo pero deslizan risitas y comentan entredientes. Desgraciados, ya nos agarraron de su diversión. Atrás vienen las amigas de Felisa sin dejar de hablar, las siguen don Arnulfo y el oficial del registro civil, Servando y Rubén, qué cuates se han portado, Gildardo, doña Rosa y doña Luisa, y hasta el final, sonriente y medio tambaleándose, Luis. Pinche chamaquito, me cae de variedad; es bien abusado, seguro ha estado chupando, de dónde sacará el licor.

No se responde porque entran en la Octava Delegación.

Los recibe la cámara en full y dolly back en grúa hasta toma en picada tras el escritorio del agente del ministerio público, quien alza los brazos exasperado al ver entrar a las dos familias.

Don Gil y don Nicanor casi corren y terminan colocándose a ambos lados del escritorio.

Felisa y Leopoldo quedan frente al escritorio.

Tras ellos se acomoda el resto de la comitiva.

Arnulfo y el oficial del registro civil se abren espacio entre los presentes y terminan a un lado de los novios.

Don Gil y don Nicanor siguen lanzando exclamaciones ad líbitum hasta que el agente del ministerio público lanza un bufido y calla a todos.

Agente del m. p.:
¿Qué pasó esta vez?

Doña Luisa:
¡Le dio una puñalada a mi hijito santo!

Don Gil:
Que no exagere la vieja, nomás fue un rasguño.

Gildardo:
Es quél lastuvo caliente y caliente.

Un policía musita, en off:

Voz policía
(off):
Pos se la hubiera cogido.

Agente del m. p.:
¡Cállense todos! ¡Dónde está ese sargento tarado!

Varios policías se vuelven hacia todas partes.

Policía:
Que ahi le hablan al sargento.

Otro policía:

¡Sargento!

Agente del m. p.:

¡Dónde está ese desgraciado, siempre se va cuando lo necesito!

Policía:

Pos por ahi andaba, mi jefe.

Agente del m. p.:

¡Búsquenlo!

Otro policía:

¡Le hablan, sargento!

Otro policía:

¡Ón ta el sargento!

Otro policía:

Se ha de haber ido a echarse unas frías.

Otro policía:

Es un cabrón ese sargento.

Otro policía:

¡Sargentooooo!

El sargento llega apresuradamente.

El agente del ministerio público lo mira con severidad.

Agente del m. p.:

¿Dónde estaba, carajo?

Sargento:

Fui a mear.

Voz policía
(off):

Pa lo que se tardó ha de haber ido a cagar.

Otra voz policía
(off):

Pinche cagón.

Sargento:

Dígales que se callen, jefe.

Agente del m. p.:

Cállense. (Al sargento:) A ver qué pasó.

Sargento:

Nada, mi juez. Volvieron a pelearse, nos hablaron del salón.

149

Luis:

¡No es cierto, yo vi que había policías afuera del Montecarlo!

Agente del m. p.:

¿Quién dijo eso?

Doña Luisa:

No le haga caso, señor. Es un niño.

Agente del m. p.:

Ah.

Sargento:

Bueno, también teníamos hombres ahí porque me las olí que iban a seguir con el desmadre.

Agente del m. p.:

Modere su lenguaje, cabrón.

Sargento:

Sí, señor, nomás no me diga patrón.

Agente del m. p.:

Muy chistosito, ¿eh? Luego arreglo cuentas con usted. Qué pasó luego.

Sargento:

Pos nada. Fuimos allá luego luego y estaban todas las viejas|

Don Arnulfo:

Las señoras.

El sargento ve a don Arnulfo con ganas de asesinarlo.

Sargento:

Pues se estaban partiendo los hocicos: las viejas, fíjese usted. Así es que llegamos, echamos ojo y macaneamos.

Agente del m. p.

(a los demás):

¿Por qué se pelearon esta vez?

Leopoldo:

Es que mi novia me dio una cuchillada.

Agente del m. p.:

¿Os cae?

Leopoldo
(le muestra la herida):
Mire.

Felisa:
Estábamos jugando, señor juez. Y se me pasó la màno.

Agente del m. p.:
Juegos de cuchillos son de pillos.

Doña Rosa:
Palabrita que sí estaban jugando. Si usted hubiera aceptado nuestra invitación lo habría visto.

El agente del ministerio público gruñe.

Don Gil:
Palabra que sí estaban jugando.

Voz policía
(off):
A pa jueguitos.

Otra voz policía
(off):
Se lo están cotorreando, mi juez.

Don Nicanor:
¡Qué cabrones, la puñalada fue bien en serio!

Doña Luisa:
¡Claro que sí!

Agente del m. p.:
¿Por fin?

Oficial del r. c.:
Compañero, perdone la intrusión pero una vez más quisiera apelar a la fecha sagrada de hoy para que sea comprensivo.

Don Arnulfo:
Tiene razón el licenciado Camote. Yo creo que deberíamos de arreglarnos.

Agente del m. p.
(aguantando la risa):
Eso no depende de mí, sino del señor. (Se-

ñala a Leopoldo.) ¿Quiere levantar un acta
en contra de la señorita?

Señala a Felisa, quien mira a su novio atemorizada y con
ojos implorantes. Leopoldo titubea. Expectación.

Leopoldo:

Pues cómo. Está bueno, pues. Estábamos jugando. (A Felisa:) Pero te mé vuelves a alo-
car y no respondo.

Don Arnulfo:

Entonces sí nos podemos arreglar.

La cámara lo sigue cuando jala a don Gil y a don Nicanor
para hacer cuentas. Todos sacan dinero —don Nicanor a regañadientes— y lo entregan a don Arnulfo.

Don Arnulfo regresa con el agente del ministerio público
y deja caer el dinero en un cajón abierto.

Agente del m. p.:

Bueno, voy a dejarlos ir pero quiero amo-
nestarlos muy seriamente en esta ocasión. No
está bien que se estén peleando a todas horas. Les propongo que cuando salgan de aquí
casen a estos muchachos en el acto, porque
si regresan aquí ya no habrá tolerancia de
mi parte. Todo lo hago en consideración
a mi compañero el licenciado Camote y porque hoy es nochebuena, noche de comer bu-
ñuelos, víspera de navidad, horas de amor,
paz, progreso social, estabilidad económica
y no intervención, mediante las cuales nuestros espíritus se afirman en el concierto de
las naciones para mostrar la concordia y la
tranquilidad sólo obtenida mediante el trabajo colectivo y los buenos oficios de nuestro jefe nato, el santaclós mexicano que nos
protege sin descanso y sin cejar y sin buscar
el enriquecimiento personal, conciente de
que debe de haber respeto, paz y amor para
todos menos para aquéllos que quieren aca-
bar con el respeto, la paz y el amor.

Se le aplaude.

Corte a:

Interior. Salón Montecarlo. Noche.

Es imposible conjeturar qué sucedió en la Octava Delegación, porque cuando ambas familias entran en el salón Montecarlo, todos vienen muy amistosos y aun se hacen bromas. Desde este punto de vista puede apreciarse que el novio abraza a la novia y ella sonríe. Cuando se hallan en la mitad de la pista la orquesta inicia una diana y todos aplauden.

Toman su lugar en la mesa de honor y nuevamente los meseros se desviven en atenderlos. Es curioso observar el efecto que el aire frío ha tenido en algunos. O se ven más mareados y se tambalean cuando bailan (todos bailan ahora) o se ven más lúcidos, y por ende, más serios. El padre del novio (traje negro, camisa almidonada, corbata de moño y clavel rojo en la solapa) entra en la última categoría y si bien ha sido parco en su conversación, ahora platica y bebe mucho menos que antes. El padre de la novia, por el contrario, vocifera y palmea cuanta espalda y trasero se encuentra a su alcance.

Una vez más la orquesta de trece miembros cede el lugar al conjunto de rock y mientras los primeros corren al bar para surtirse de nuevos licores, los muchachos se ven sobrios pero sumamente divertidos, de nuevo se sirven viandas para los invitados, quienes las atacan luciendo cierta indiferencia. La comida seguramente fue preparada de antemano por ambas familias porque no se percibe ningún platillo de fiesta (si es admisible el calificativo), sino guisados, moles, caldos, pipianes, etcétera.

La animación parece haberse trasladado de la mesa de honor a la pista de baile: todos los familiares de los contrayentes (a excepción del padre del novio que discute en voz baja con un amigo) se encuentran bailando alrededor de los novios, quienes no se mueven de una circunferencia muy limitada a pesar de que la música es frenética. Seguiremos informando.

Diciembre, 1967. Reconciliaciones. Tercer y último incidente.

Don Arnulfo baila con doña Luisa. Considera que no es necesario agitarse como demente para aprehender los ritmos modernos, sino basta un poco de observación, distender los músculos y poseer sensibilidad artística. Por eso sonríe con un mínimo sarcasmo al ver los esfuerzos de doña Luisa por copiar los pasos de las parejas jóvenes. Ella prácticamente conserva los ojos en el suelo. Por Baco, ni que fuera a pisarla.

Cuando termina la pieza, doña Luisa jadea y don Arnulfo, con la cortesía que le caracteriza, la conduce hasta la mesa de honor, donde don Nicanor lo fulmina con la mirada. Su esposa corre hacia él. Actitud típica de un hombre sin cultura ni sensibilidad. Don Arnulfo prefiere tomar asiento, servir un poco del whisky lamentable y observar a las parejas que sudan y continúan bailando como si tuviesen el demonio dentro.

El oficial del registro civil regresa del baño con el rostro congestionado y toma asiento junto a él.

—¿Cómo se siente usted, licenciado? —inquiere don Arnulfo—, ¿no apetece otra copita?

—Pero cómo no, don Arnulfo, cómo no. A ver si así se me quita el horrible sabor que tengo en la boca. Usted me disculpará pero acabo de vomitar, figúrese.

—Eso no tiene importancia —condesciende don Arnulfo—, era lo acostumbrado en los tiempos de la legendaria Roma.

—Tiene usted razón. Sabe qué, me alegra mucho saber que ya se acerca la hora de la ceremonia y ya no habrá tiempo para otro incidente. Aunque me preocupa no ver a mi secretario, ojalá no se haya emborrachado.

Don Arnulfo mira irónicamente al licenciado.

—Despreocúpese. Ya todo irá sobre ruedas después de las palabras que les endilgamos el juez y yo.

—Ojalá. No quiero llegar otra vez con mi cara de baqueta a la delegación.

—Dios nos libre. La última recolección de dinero agotó las posibilidades pecuniarias de mi hermano y de don Nicanor y no alcanzaría para otra gratificación al juez.

Eso último lo dijo el mamón de don Arnulfo. Yo estoy atra-
sito de ellos, pero no se me hizo que el vate hablara mal de
mi papá para ir con el chisme hecho la raya. Par de culeros:
si apenas cuando la cosa se anima es a la hora de los madrazos. Pero en fin.

Introducción

Si hasta desde que salimos de la delegación los dos rucos se
estaban cagando de miedo y obligaron a que todo mundo
se diera la mano y se abrazara y todo eso. Ah qué discur-
sito se echó don Arnulfo en la puerta de la delegación. Que
cómo pleitos, la nochebuena, un niñito muy bonito ha nacido
en el portal. Duró siglos y *todos* se conmovieron y soltaron
la lágrima. Yo tuve que soportar que me cachondeara doña
Rosa chillando por la falta de amor que estábamos teniendo
en la mera nochebuena. Charros vieja maldita, estuve a punto de decirle pero me soltó a tiempo.

Para entonces ya le habían vendado el brazo a Leopoldo
y Felisa se fue preocupando poco a poco y luego se soltó a
chillar y dijo perdóname Dios mío perdóname Poldito no
te quise hacer mal. Para mí que ya estaba peda, pues cómo
que no te quise hacer mal, si bien vi con qué ganas le soltó
la cuchillada. Por suerte mi mamá le dio su jalón de greñas
para que viera que mi hermano no estaba solo.

Carajo, todos muy arrepentidos después del discurso de
don Arnulfo: hasta Gildardo y sus primos que eran los más
braveros de todos. Tanto hablaron del pecado y la nochebuena y el niñito bonito del portal que llegando al Montecarlo Gildardo corrió a chingadazos a la piruja que traía
y hasta confesó que la había sacado de una caseputas ayer
en la noche en la despedida de soltero de mi hermano. Lo
cual me encorajinó más porque ayer en la noche no me
quisieron llevar con la putiza porque dizque estoy muy enano. Enano pero con unos güevotes, les dije y nomás se rieron
pero no me llevaron.

Luis aprovecha un descuido de don Arnulfo para robarle
su copa y huir a otro rincón, donde no encuentra al primo

de Felisa. Bebe y se contrae ligeramente al descubrir un color, un sabor distintos en el vaso. Lo prueba con desconfianza antes de ver con ojos nublados a Felisa y Leopoldo bailando.

El Narrador va de un lado a otro del escenario acomodando a las parejas para que el centro quede a los novios, quienes bailan muy apretados.

Narrador (al público): Falta poco para que el desenlace de esta historia caiga sobre ustedes con fuerza inaudita. A fin de hacerlo más vivo hemos pedido auxilio a algunas técnicas contemporáneas.

Tiempo. Hace una seña y sobre la cabeza de los novios empieza a funcionar la luz estroboscópica, sincronizada con la música.

Sobre la pantalla que cuelga a la izquierda del techo se proyecta el acostumbrado letrero: Diciembre, 1967. Reconciliaciones. Tercer y último incidente.

Sobre Felisa y Leopoldo se proyectan las transparencias y las manchas de color moviéndose.

Por la izquierda aparece la pequeña plataforma sobre la cual se encuentra el trío ya conocido. Una vez en escena, guarda silencio.

Oscuridad a excepción del área central donde bailan los novios iluminados como se ha descrito. De las otras parejas y la mesa de honor apenas se ven los contornos.

Felisa recarga su cabeza en el hombro leopóldico, sonriendo.

Felisa (como en un susurro): Ah qué rico se siente estar así. . .

Leopoldo (inspirado): Pues sí.

Felisa: Es como si te durmieras muchas horas después de batallar todo el día en el súper.

Leopoldo: Sí pues.

Felisa: Fíjate mi vida que todas las muchachas del súper me van a hacer una despedida antes de que nos casemos por la iglesia, porque antes no tuvieron lana.

Leopoldo: Suave.

Felisa: Ya invité a Ana María, a Eva María y a María del Perpetuo Socorro.

Leopoldo: Pinches viejas, a ver si te regalan algo.

Felisa: No seas así, mi amor. Se han portado muy cuatitas.

Leopoldo: Contigo, porque lo ques conmigo me ven con una carota.

Felisa: Es que les da coraje ver que me tratas mal.

Leopoldo: Ah sí, por qué no se enojaron cuando me diste la cuchillada.

Felisa (baja la vista): Deveras perdóname, mi amor. No me pude aguantar. Me *moriría* si te pasara algo.

Leopoldo: Te juro Felisa que no te di tus fregadazos porque eres hembra, que si no...

Felisa se muerde los labios.

Leopoldo (lírico): Ya mero te iba a agarrar la mano para hacerte una llave como las del Santo y te quitaba el cuchillo del pastel y mocos te lo enterraba en la panza.

Felisa (pálida): ¡En la panza no!

Leopoldo (trans.): No, ahí no. No quiero que a mi chamaco le pase nada.

Felisa: Figúrate Poldito que yo creo que sí lo vamos a tener. Ya llevo ochenta y tantos días de retraso.

Leopoldo: Más vale que lo tengamos, mi reina, porque si no qué joda casarse así nomás de oquis.

Felisa (ruborizada): Cómo eres.

Leopoldo (sonríe, forzado): No, Feli, si nomás estaba guaseando; tú sabes que te quiero a la buena.

Se besan largamente.

Felisa: Entonces no me pegues. (Titubea:) Es que le puede pasar algo al chamaco, ¿no?

Leopoldo (ensimismado): Ah pues sí. Pero no me calientes, vieja, no me calientes.

Sin darse cuenta baja su mano hasta palpar las nalgas de Felisa. En el acto se ilumina.

Leopoldo: ¡Hijos! ¡Qué buenota estás!

Ella sonríe, ruborizada. Siguen bailando, mientras la música se desvanece y todo queda en silencio. Salen la luz intermitente, proyecciones y transparencias. Un solo reflector baña a los novios que bailan sin música, hasta que otro ilumina a los cantantes que se hallan en la plataforma.

El trío (cantando): Salió ya la sopa amigos
fue por eso el matrimonio
Felisa está embarazada
de un hijo de Leopoldo
así se cierra este ciclo
del más ruin lugar común
se fortalece la anécdota
y queda aparte el albur
ya no existen cabos sueltos
sólo veremos acción
abajo el experimento
y viva la tradición
la historia se complementa
con este dato preciso
y la estructura lineal
lo vuelve drama conciso|

Desaparece la plataforma de los cantantes, mientras la luz gradualmente vuelve a ser profusa.

Los novios se encuentran de nuevo en la mesa de honor, rodeados por los familiares y los amigos. Todos muestran ya una considerable embriaguez y algunos cabecean haciendo que sus vasos de licor se inclinen peligrosamente. Seguiremos informando.

Introducción

Como todo mundo ya está bien zarazo no se fijan que me puse a bailar yo solito. Me cae que me siento re mareado: ese chupe que le bajé al vate Arnulfo me dio en toda la torre. Cada vez que me echaba un pasito de ésos que aprendí en Cinco à Go-Go sentía que el suelo se me iba para abajo y luego subía y todo se hacía chiquito y me aplastaba como a una canija rata y de repente zas me daba el trancazo con otros que bailaban. Nomás me miraban riéndose y ni decían nada. Es que eso es lo que descontrola, ¿no? Uno está acostumbrado a que lo regañen hasta por obedecer y de repente haces lo que se te antoja y todos te miran riéndose y todavía te dicen qué vaciado chamaquito ya se empedó.

Todo eso me fue dando un coraje loco y cuando lograba que el mareo no me agarrara muy duro, iba a darle un tope a los que bailaban, así como quien pastorea a un borrego. Le di sus topes a mi mamá y a mi papá, a Leopoldo y Felisa, a Servando que bailaba con María del Perpetuo Socorro y no lograba pegársele, a las otras dos Marías que bailaban con Sepalabola, al licenciado Camote que estaba bailando con la puta doña Rosa y a un chorro de gente más. Le saqué la lengua al ojete que está espiando en el techo y le hice violines, pero el miedoso quería que yo creyera que no me estaba viendo, pinche sacón; y luego me paro a bailar y nadie se fija que estuve bailando solo y nadie me regaña. Digo, es como para dar coraje. En fin.

Por eso me pongo a correr por todo el salón Montecarlo buscando al primito de Felisa para romperle el hocico. Digo, si ya todos demuestran que son unos culeros que no se avientan a los madrazos, yo voy a poner como camote al primito de Felisa para que aprendan. Pero después de dar vueltas y vueltas y marearme todavía más la tía de Felisa me dice Javiercito ya se fue a dormir es muy tarde tú también deberías acostarte. Y le saco la lengua y voy a buscar a Gumis el Putarraco para que me dé otro chúperson, pero no lo encuentro.

Le pregunto a otro mesero y el cabrón se ríe muy malicioso y me dice está en el baño. Ahi voy al baño y no lo veo, digo Gumis Gumis ón tas dame otro chupe. Y me contesta pérate Luisín orita salgo. Y volteo y le veo los pantalones caídos en los zapatos atrás de un excusado. Le digo a poco te dan permiso de cagar cuando estás trabajando.

No me contesta pero sale al rato abrochándose su saco blanco de mesero puto. Chin, yo solo me alburié pero es que el saquito de mesero que trae *sí* es blanco. No se oye el ruido del agua y pienso este maricón ni siquiera jala la cadena. Qué querías, me dice. Otro chupe, digo. Ya no te doy, has tomado muchos, dice. Y qué, digo. Me van a regañar si se dan color de que te estoy pasando las cubas, mi quirrirrús, dice. Hago como que no oí su putísimo quirrirrús y le digo dame otra cuba ándale Gumis no seas chuecón. Entonces me ve con cara de vaca triste y se acerca. Ya has tomado mucho, estás pedito, dice y se ríe como vieja. Te saco con el dedito, pienso pero no se lo digo porque como es mariquetas a la mejor me dice, seguro me dice, ya vas mi rey.

Como no le contesto, se acerca todavía más y me dice deberías acostarte, y me empieza a cachondear el pelo. Yo me quedo pálido, hasta siento que se me baja el cuete. Chin, no me puedo mover. Gumis me ve muy quietecito y entonces me agarra la cara y me dice qué guapo estás Luisín, y me cae que tengo ganas de guacarear. Seguro me ve los ojos llorosos porque me sigue agarrando la cara y me dice los niños guapos no deben tomar porque luego lloran. Se voltea a cada ratito a la puerta para que no lo vayan a cachar. Me empieza a sobar la panza y yo cada vez con más ganas de cantar la guácara. Ya no llores ya no llores, dice con cara dealarrorro niño duérmase ya y déjese cachondear. Y entonces ya no puedo más y bolas suelto la guácara y se la echo toda en el saco porque estaba muy juntito a mí para poder sobarme la pancita y abrirme la bragueta.

El cabrón se queda helado al ver que lo manché todo. Cómo apesta, carajo. ¡Ya me jodiste, Luisito!, chilla Gumis, ¡ahora cómo voy a trabajar todo vomitado! Palabra que se suelta a chillar en lugar de hacer lo que yo: ir al lavabo y lavarme. Sigue llorando el buey y le digo qué pasó con mi cuba Gumis. Ni me contesta por estar chille y chille. Eso sí me encorajina, me choca que no me hagan caso y más un mugre maricón. Dame mi cuba, Gumis, o si no salgo y grito que eres puto y que me querías cachondear. Se voltea y me ve espantadísimo y me dice cómo eres Luisito. Cómo soy mangos, pinche puto, dame mi cuba o te acuso.

Me ve con un chorro de miedo y me da una risa, pero me aguanto y le digo órale cabrón muévase. Entonces me dice espérate y se quita el saco y lo empieza a limpiar con mucho cuidado como buen mariquetas que es y hasta después se lo pone; ve que no se le quitó la manchota y que sigue apestando, se limpia las lágrimas y sale. Lo sigo hasta el bar y ahí me da mi cuba y se me queda viendo con ganas de chillar otra vez. Pinche puto ojete chinga tu madre, digo de refilón, no muy fuerte pero sí lo suficiente para que me oiga.

Carajo, después de vomitar como que me siento menos mareado así es que me bebo la cuba de un solo madrazo. Siento que me ahogo y voy a la mesa y los pinches culeros siguen todos muy cuatitos. ¿Se imaginan? Todos platique y platique como mensos en lugar de partirse la madre.

Leopoldo charla con Servando y con Rubén cuando su hermano menor se acerca, tambaleándose.

—Leo —dice Luis.

—No muelas —gruñe Leopoldo.

—Leo. Leonpoldo. Poldo —insiste Luis.

—Híjole, compadre, tu hermanito el ladilla se empedó.

—Que quieres.

—No es chisme, Poldo, pero acabo de pasar por donde están Gildardo y Felisa y sus primos y el cabrón de Gildardo le está diciendo que ella es una mensa que se deja, que tú eres mayate y que te va a madrear por mayate y aprovechado.

Los tres amigos se quedan callados.

—Palabra de honor, Poldo.

—Tú estás inventando, hijo de la chingada —musita Leopoldo—, dime la verdad o te doy tus cuerazos.

—Me cae que no, Poldo. Y después Gildardo les dijo a sus primos que había que madrearlos a ustedes tres.

—Está borracho, no le hagas caso.

—¿Estás borracho, chamaquito pendejo? —pregunta Leopoldo.

—No, te juro que lo oí de a deveras. Míralos, ahí están todavía.

Leopoldo se vuelve y observa a Gildardo discutiendo acaloradamente con sus primos.

—Ah qué desgraciados —gruñe y se levanta.

Servando y Rubén se miran hasta que alzan los hombros y lo siguen.

Leopoldo llega hasta donde se encuentran Gildardo y sus primos.

—Óyeme, cabrón, ¿tú le dijiste a Felisa que es una dejada?

—¿Qué con que se lo haya dicho?

—¿Y le dijiste que me vas a partir la madre?

—¿Qué te pasa, buey? ¿Te quieres aventar una sopita? A mí no me vengas con chingaderas.

—¿Le dijiste o no?

—Qué te importa. Si no crees que te pueda madrear, éntrale.

Felisa llega corriendo. Los dos hablaban a gritos.

—Qué pasa, mi amor —dice sinceramente alarmada—, no se vayan a pelear.

—¿Tu pinche hermano te dijo que eras una dejada?

Felisa calla, coloradísima, mirando de reojo a Gildardo.

—Contéstame, no te hagas la mensa.

—No le contestes, manita. Y tú no le grites.

Toda la gente de la mesa se levanta y camina hasta el centro de la discusión.

—Ora qué pasa —gruñe don Gil.

—Nada, papá.

—Cómo que nada.

—Deveras nada, papito. Vete a sentar. Váyanse todos a sentar.

—Es que este desgraciado ya me está echando bronca otra vez —agrega Gildardo.

Don Nicanor pregunta a su hijo, ceñudo:

—¿Es cierto eso, Leopoldo?

—Claro que no —explota Leopoldo—, estos cabrones dicen que Felisa es una dejada, que yo soy mayate y que me van a madrear.

—No va a estar tan fácil —advierte Servando.

—Ya veremos —contrataca un primo de Felisa.

—Mi amor, por favor no se peleen y no digas groserías.

—Cállate, Felisa, ya me estás cansando tú también con tu carita de mosca muerta.

—¡Ave María purísima!

—Sin pecado concebida —dice Luis.

—Dale otra puñalada, Feli —interviene otro primo.

—¡Tú me vuelves a tocar y te vas a arrepentir todos los días de tu vida!

—¡Ya deje de meterse con mi hija, grandulón, ya se lo dije! ¡A ver dígamelo a mí!

162

—Cómo chingaos no. El que me ponga la mano encima le va a pesar.

—Por favor, si ya todo estaba tan bien —desliza don Arnulfo.

—No me comprometan más —agrega el oficial del registro civil.

—Ya merito va a ser la nochebuena, se van a casar en la nochebuena, acuérdense —lloriquea María del Perpetuo Socorro.

—¡A la chingada con la nochebuena!

—¡Jesús!

—María y José —ríe Luis.

—Bueno ya, apláquense —ordena, severo, don Nicanor.

Felisa se lleva las manos a la cara y grita a todo volumen:

—¡Ya está bueno! ¡Párenle de una vez! ¡Todo el día ha sido buscar pleito, ni siquiera se acuerdan de mí!

Leopoldo la ve, neutro, hasta que la indignación vuelve a inundarlo.

—¡Te dije que te callaras, pendeja!

—¡No me grites, Leopoldo, por favor!

—Que te calles pinche vieja ladilla —musita Leopoldo y antes que nadie pueda detenerlo, con una rapidez insólita, proyecta su puño y golpea a su novia en la mejilla.

Felisa cae en el suelo, llorando, y Leopoldo aún alcanza a darle un puntapié brutal antes de que Gildardo se le eche encima y trate de golpearlo.

Al instante, los primos de Felisa intercambian golpes con Servando y Rubén, al igual que don Nicanor y don Gil.

Las mujeres se gritan y al poco tiempo se lanzan unas contra otras, uñas al aire. Todos tratan de herirse, caen y atropellan a las mesas vecinas. Desde este punto de vista es notable la rapidez con que se extiende la pelea. Los meseros tratan de separar a la gente y también son golpeados. Muchos toman botellas y arrojan vasos. Varias mesas se rompen estrepitosamente.

El novio muestra una herida en la cara sangrando profusamente, pero continúa lanzando golpes y puntapiés hacia todos lados. La novia, en el suelo, llora a gritos y continuamente es pisoteada. Dos personas de edad, vestidas de oscuro, se han replegado contra la pared y vociferan pidiendo orden. Los miembros de la orquesta protegen sus instrumentos y aprovechan para guardar botellas en los estuches. Parece ser que el conjunto de rock escapó cuando empezaba la discusión. Todos gritan. Un niño aprovechando su estatura, va de grupo en grupo lanzando golpes y puntapiés en las espaldas.

Ya está allí la policía, ahora en un número mayor al de las veces anteriores. Con rapidez se despliega por todo el salón y a fuerza de macanazos impone el orden, pero no lo obtiene hasta después de varios minutos, ya que la gente, enardecida, ataca; algunos policías sacan sus pistolas y disparan al aire. Sólo así amedrentan a los invitados. Esta vez ya no hay discusiones con el sargento, sino que entre voces airadas, los policías conducen a toda la concurrencia hasta la calle. Se clausura este punto de vista. Están ustedes servidos, buenas noches y feliz navidad.

En la calle, los invitados son introducidos en varios camiones mientras unos niños les tiran cohetes y luces de Bengala.

Leopoldo va en el primer camión, procurando no ver a Felisa: tiene la cara amoratada y un coágulo asoma en su nariz. Pobrecita, le di re duro. Todos los que se hallaban en la mesa de honor van en ese camión, custodiados por doce policías y el sargento. Don Gil apenas reprime el deseo de seguir discutiendo, pero le callan en el acto. Todos van doloridos y golpeados, aunque tan pronto como pueden lanzan miradas de furia a sus rivales.

A Leopoldo se le hace larguísimo el trayecto, a pesar de que sólo recorren media cuadra de la avenida Cuauhtémoc, dan una vuelta en u en Obrero Mundial, esperan el siga de la glorieta que divide a ambas avenidas y se estacionan frente a la Octava Delegación.

Dentro, los ve llegar el agente del ministerio público, quien desliza una risita antes de adoptar una actitud severa y exasperada. Los quejosos se
agrupan a su alrededor como

en las veces anteriores y gritan todos ad líbitum y al mismo tiempo. El agente del ministerio público se levanta, llama al sargento y le pregunta:

AGENTE DEL M. P.: ¿Qué pasó ahora?

SARGENTO: Ya ve, jefe. Se dieron en toda la madre.

AGENTE DEL M. P.: ¿Quién tuvo la culpa esta vez?

SARGENTO: Sepa la bola, mi juez. Cuando llegamos todos se estaban dando tan duro que ni modo de preguntarles qué pasó.

EN OFF (QUIZÁ SERÍA BUENO HACER ALGÚN INTERCORTE), SE ESCUCHAN DISCUSIONES Y SOLLOZOS.

VOZ DON NICANOR (OFF): ¡Déjeme explicarle, señor juez!

VOZ DON GIL (OFF): ¡Nos volvieron a provocar, señor juez, que nos caiga un rayo si no!

EL AGENTE DEL MINISTERIO PÚBLICO NO HACE CASO.

MÚSICA: MARCHAS MILITARES.

AGENTE DEL M. P.: A ver, écheme al licenciado ése del registro civil y al otro viejo loco.

EL SARGENTO ASIENTE Y LA CÁMARA LO SIGUE CUAN-

DO VA POR EL OFICIAL DEL
REGISTRO CIVIL, QUIEN ES
SEGUIDO POR DON ARNULFO.

EN ESTE MOVIMIENTO VE-
MOS QUE TODOS SIGUEN GRI-
TANDO, MENOS LEOPOLDO Y
FELISA.

AGENTE DEL M. P.: ¿Qué pasó, licenciado?

OFICIAL DEL R. C.: Fue imposible contenerlos, licenciado. Lo lamento.

DON ARNULFO: Otra vez le
suplicamos que sea benevo-
lente.

AGENTE DEL M. P.: Benevo-
lente mis güevos. Ya me agarraron de choteo o qué.

EL OFICIAL DEL REGISTRO
CIVIL Y DON ARNULFO BA-
JAN LA VISTA, AVERGONZA-
DOS.

AGENTE DEL M. P. (CON
EXASPERACIÓN): Bueno, ¿cómo vamos a arreglar esto?

DON ARNULFO TRAGA SA-
LIVA.

DON ARNULFO: Sólo median-
te su bondad e invocando el
espíritu de amor de esta navidad.

EL AGENTE DEL MINISTE-
RIO PÚBLICO LO VE, PER-
PLEJO.

DON ARNULFO: A las dos familias se les acabó el dinero.

AGENTE DEL M. P.: ¿Enton-
ces ya no tienen nada?

DON ARNULFO: No, señor.

AGENTE DEL M. P.: Pero sí tienen tiempo para armar desmanes que perjudican la imagen del país, sobre todo ahora que estamos a punto de iniciar el año olímpico y que tenderemos una alfombra de flores desde el Zócalo para recibir a los visitantes.

LOS DOS ALUDIDOS SIGUEN CON LA VISTA BAJA. EL AGENTE DEL MINISTERIO PÚBLICO ALZA LOS BRAZOS, FURIOSO.

AGENTE DEL M. P. (CONTROLÁNDOSE): Está bien, regresen al grupo. Ya se les atenderá.

OFICIAL DEL R. C.: Pero, compañero|

AGENTE DEL M. P. (LO MIRA GLACIAL, E INT.): ¿Qué no oyeron?

DON ARNULFO Y EL OFICIAL DEL REGISTRO CIVIL REGRESAN AL GRUPO DONDE SIGUEN DISCUTIENDO BAJO LA VIGILANCIA DE VARIOS POLICÍAS.

SARGENTO: ¿Qué se hace entonces, mi juez?

AGENTE DEL M. P.: Enciérrelos. Que otro buey se haga cargo de este desmadre.

EL SARGENTO, MURIÉNDOSE DE LA RISA, REGRESA AL

GRUPO MIENTRAS EL AGEN-
TE DEL MINISTERIO PÚBLI-
CO VA AL BAÑO. FADE OUT.

Diciembre, 1967. Resoluciones finales y desenlace. Amor
volat undique, captus est libidine.

Todos son encerrados en las galeras de la delegación, a
pesar de las protestas colectivas, y vehementes por parte
del oficial del registro civil que clama venganza por el ultraje:
como única concesión se le permite ser encerrado con su
secretario y los libros del juzgado. Los presos comunes no
se atreven a agredir a los nuevos tomando en cuenta que
ambas tribus son numerosas (y belicosas).

Prosiguen las discusiones con menos brío. Pronto cada familia se agrupa en un lado, alrededor del novio y/o novia.
Algunos lograron esconder botellas de ron que pasan de
mano en mano. Todas las mujeres lloran, a excepción de
Felisa, quien ve todo con ojos inquietos,

al igual que Leo-
poldo.

Nuevamente es arrastrada hasta el escenario la plataforma del trío y las luces se desvanecen. Sólo quedan visibles
los cantantes.

El trío (cantando): Todo en este mundo
tiene un lado
que se ilumina
según lo quiere la gente.
Se puede ver
aquí
la cara visible de la fiesta
cuando la fiesta
agrupa los elementos
que permiten el sistema
y no los muestra.
Quién puede
culpar a alguien
de embriagarse

y de buscar pleito
cuando ese estado
de adormecimiento,
esas costumbres
y
esa agresividad
canalizada en pleitos mezquinos
hacen que la patria progrese
y perdure el sistema.
Pero no hay que ser
tuertos
al observar este
juego de los puntos de vista:
hay que recordar el contexto
en que se agita
y comprender que la condena fácil
de estos personajes
implica
nuestro propio desenmascaramiento.

La luz se va desvaneciendo cuando la plataforma sale del escenario.

Introducción

Hijos qué sueño tengo. Ya me cansé de oír tanto desmadre. Es tardadísimo y aquí nadie para de hablar, gracias a las botellas que sacaron del Montecarlo. El dueño del salón ha de estar furioso porque quedaron de pagarle el resto del alquiler y del servicio de meseros maricones cuando terminara la pachanga. Fue el que más se enojó cuando el juez dijo que nos entambaran y la joda que se va a llevar cuando salgamos y vea que ni mi papá ni don Gil tienen dinero para pagarle. Qué risa me da. Digo, no mucha porque cuando me río me duele el cachete: quién sabe a qué horas me acomodaron un descontón y eso que yo andaba bien buzo madreando a todos pero listo para pelarme cuando se voltearan para darme un trancazo a mí. Pero me lo dieron, qué cabrones. Ahorita ya todo se les va en dar consejos a Felisa y a

Leopoldo. Qué bueno que no se casaron, es un bruto, una piruja, te iba a matar cuando estuvieran casados, si ahorita te dio una puñalada imagínate después, ay gracias a Dios Nuestro Chiñol y a los santos apóstoles san Peter y san Pablo y san Martín de Porres y san Miguel Alemán que todo esto pasó porque luego ya no hubiera habido arreglo, no nos importan los gastos hijito hijita lo principal fue ver la calaña de estos pendejos cosas por el estilo y la chingada hijito hijita. Al carajo, lo chistoso es que el Leopoldo y Felisa no dejan de verse con caras de perro mojado. Primero se veían nomás de refilón, luego como echándose brava y ahorita ya se ven como pendejos, horas y horas, mientras todos los están chingue y chingue con el qué bueno que no se casaron. Éjele, el cabrón Leopoldo ve a Felisa, pero más que nada le ve las piernotas. Es que está re buena. En fin. Lo suave es que mi mamá me jaló y me acostó en sus muslos. Tiene las piernas gorditas y aguantan horrores como almohada. Quién sabe si haya estado buena de joven.

Luis se duerme en las piernas de su madre, mientras todos siguen hablando. De repente, Leopoldo mira con furia a todos los que lo rodean y exclama:

—Bueno, ya dejen de estar chingando,

y Felisa lo mira con agradecimiento al desprenderse de las manos de sus amigas.

Todos reparan entonces en que ellos se miran y guardan silencio inconcientemente, un poco avergonzados.

—Ven pacá, ¿no? —pide Leopoldo a Felisa, viéndole las piernas.

—Ven tú —responde ella.

Leopoldo suspira.

—Bueno, vamos los dos allá,

Felisa asiente y se pone de pie cuando él lo hace. Caminan unos pasos hasta un rincón.

—¡No hables con ese pendejo! —grita don Gil.

—*Oh*.

La cámara los recibe en plano americano cuando Leopoldo hace una seña a Servando y Rubén para que se quiten de allí.

Leopoldo:

Cómo chingan con que no nos casemos, ¿verdad?

Felisa:

Sí.

Leopoldo:

Digo, ya me tienen hasta el go|

Felisa lo interrumpe, hosca:

Felisa:

Bueno, qué quieres.

Leopoldo
(herido):

Ah qué la canción. No te pongas así si te llamo y toda la cosa.

Felisa baja la vista pero alcanza a responder:

Felisa:

¿Cómo quieres que me ponga entonces?

Leopoldo mira:
el moretón de Felisa.

Leopoldo:

¿Te duele mucho?

Felisa:

Tú qué crees.

Leopoldo:

Digo, perdóname, Feli. Me cae que no quise madrearte tan duro.

Felisa:

Pero lo hiciste, ¿no? Me duele *mucho*.

Titubeante, él alza la mano y le toca el moretón.

Felisa:

Ay.

Leopoldo:

Chin.

Todos los miran en silencio, ojiabiertos.

Pero Leopoldo no retira la mano, sino que acaricia con mucho cuidado el mentón de su novia.

Felisa:

No muelas. . .

Leopoldo
(un poco exasperado):
Carajo, Lisa, no hagas las cosas peor. Tú
también me tiraste la cuchilladota.
Felisa:
Cuál cuchilladota
Leopoldo:
Bueno, la cuchilladita.
Felisa:
Fue un rasguño nada más y eso porque tú
me pegaste antes.
Leopoldo:
Puuuta, cómo jodes. Si apenas y te toqué,
acuérdate.
Felisa:
Sí, pero no estamos a mano.
Leopoldo
(incrédulo):
¿Me quieres pegar?
Felisa
(asiente).
Leopoldo
(tragando saliva):
Pégame pues. . .
Felisa prepara el puño mientras Leopoldo la mira, aguan-
tando la indignación y mirando de reojo a:
don Nicanor que grita:
Don Nicanor
(furioso):
¡Si permites que te pegue vas a ver qué tran-
quiza te doy yo, descastado!
Don Gil:
Oh, no chingue, don Nicanor. Déjenlos que
se arreglen a su modo.
Felisa lanza un golpe con todas sus fuerzas pero Leopoldo
lo esquiva con rapidez, poniéndose en guardia instintiva-
mente. Ella lo mira, incrédula, hasta que no aguanta la
risa. Él ríe también.

Leopoldo:

Entonces en qué quedamos, ¿de novios o nos casamos?

Felisa
(riendo):

Qué sangrón.

Leopoldo:

Nos casamos, ¿no? (Le dice al oído:) Órale, Feli, ¿sí?

Felisa:

Bueno.

Leopoldo ríe y vuelve a mirar a su novia. Se acerca para decir en su oído:

Leopoldo:

Es que estás re buena. Palabra.

Felisa:

Oh.

Leopoldo ríe de nuevo. Panning de la cámara hasta quedar a espaldas del novio, desde su punto de vista.

Leopoldo:

Órale, mi juez, a casarnos.

Oficial del r. c.:

Están locos, que los case su madre.

Leopoldo:

No sea sangrón, si ahi está su secretario y tiene sus libros y todo.

Oficial del r. c.:

¿Aquí?

Eva María:

Mejor espérense, ¿no? Y se casan en otro lugar más decente.

Don Arnulfo:

Pues claro.

Leopoldo:

No, qué caray. Hay que hacer las cosas en caliente.

El oficial del registro civil bosteza y hace una seña a su secretario, quien prepara los libros.

Los padres de los novios se hallan en silencio, entrecejos fruncidos.

Se escucha la voz de Leopoldo.

Voz Leopoldo
(off):

Vénganse a firmar.

No responden porque el oficial del registro civil, seguido por su secretario, camina hasta la pareja.

Los padres van tras él.

Oficial del r. c.
(mecánicamente):

A ver, el padre de la novia a la derecha de la novia, el padre del novio a la izquierda del novio, la madre del novio, junto a su marido. Caray, señora, muévase.

Los aludidos siguen las instrucciones lo mejor que pueden, tocándose los brazos para ver cuál es su derecha o su izquierda.

Oficial del r. c.
(íd.):

La madre de la novia junto a su marido. No, señora, por favor: allí|

Doña Rosa:

Es la emoción.

Oficial del r. c.:

Bueno, los testigos del novio junto a la madre del novio; los testigos de la novia junto a la madre de la susodicha.

Simultánea a este parlamento, aparece en sobreimposición la palabra fin, en caracteres que son una mezcla de lo mexicano y lo gótico.

Enero, 1968

ÍNDICE

Impreso y hecho en México
Printed and made in Mexico
Talleres de Litoarte, S. de R.L.,
Ferrocarril de Cuernavaca 683
México 17, D.F.
Edición de 4 000 ejemplares
y sobrantes para reposición
3 – XI – 1979